www.tredition.de

AF185668

Dieses Buch sei allen Menschen gewidmet,
die sich auf den Weg gemacht haben,
Freiheit und ein selbstbestimmtes Leben
zu erlangen.

Harald Pfeiffer

Klänge von Freiheit

Kurzbiografie

Meine DDR-Flucht

www.tredition.de

© 2017 Harald Pfeiffer

Verlag: tredition GmbH, Hamburg

ISBN
Paperback: 978-3-7439-0244-2
Hardcover: 978-3-7439-0245-9
e-Book: 978-3-7439-0246-6

Printed in Germany

Lektorat: Friedhelm Zühr

Inhalt

Kapitel 1 Wie es dazu kam, dass ich dieses Buch
schrieb   7
Kapitel 2 Flucht als Familientradition   17
Kapitel 3 Meine Kindheitsjahre   18
Kapitel 4 Unsere Wohnung   22
Kapitel 5 Fortschritt zog ein   23
Kapitel 6 Der erste Trabant   24
Kapitel 7 Der erste Familienurlaub   25
Kapitel 8 Westurlaub 1961   27
Kapitel 9 Der große Schock   29
Kapitel 10 Unangenehmer Besuch   31
Kapitel 11 Entdeckung einer Leidenschaft   33
Kapitel 12 Von der Sehnsucht groß zu werden   34
Kapitel 13 Erster Urlaub ohne Eltern   40
Kapitel 14 Das Leben ging weiter   43
Kapitel 15 Endlich 16 und wild aufs Leben   43
Kapitel 16 Das Drama der Berufsentscheidung   51
Kapitel 17 Meine erste Band   52
Kapitel 18 Meine Lehre in Karl-Marx-Stadt   56
              (Chemnitz)
Kapitel 19 Meine neue Band   56
Kapitel 20 Das öde Internatsleben   58
Kapitel 21 Der alles entscheidende Beschluss   59

Kapitel 22   Die Operation Freiheit begann   64

Kapitel 23   Der Weg ins Ungewisse   67

Kapitel 24   Das neue Leben begann in Gießen   78

Kapitel 25   Gelungene Überraschung   83

Kapitel 26   Auf ins nächste Abenteuer   85

Kapitel 27   Neues Spiel, neues Glück   89

Kapitel 28   Schlussgedanken   92

Zum Coverbild   95

Bemerkung zum Personenschutz   96

Wie es dazu kam, dass ich dieses Buch schrieb

Mitte Juli 2016 sitze ich hier bei strahlendem Sonnenschein auf einer Parkbank an der Strandpromenade in
Binz auf Rügen und schaue entspannt aufs Meer. Unter
den Bäumen ist es angenehm schattig und ich zupfe auf
meiner Westerngitarre herum, nur für mich selbst, denn
mir ist gerade eine Passage für einen neuen Song
eingefallen, nun versuche ich daraus ein Stück zu
komponieren. Diese Klangphrasen bedeuten für mich
Klänge von Freiheit. Hier auf der Parkbank mache ich
gerade Pause, denn ich bin nicht nur zur Erholung hier,
sondern arbeite ca. 5 Stunden täglich als Straßenmusiker.
Es war reine Neugier, wollte einfach mal wissen, wie es
sich anfühlt, Straßenmusiker zu sein, außerdem wollte ich
testen, ob ich meine CD mit eigenen Songs nebenbei
noch verkaufen kann.

Der Ort hier ist mir aus Kindheitstagen noch gut bekannt,
denn 1967 war ich bereits mit meinen Eltern und Ge-
schwistern hier in der Nähe auf einem Campingplatz um
Urlaub zu machen. Ja, es ist meine alte Heimat und es hat
sich hier sehr viel verändert. Die alten Prachtvillen aus
der Kaiserzeit erstrahlen im neuen Glanz. Noch zu DDR-
Zeiten waren das fast alles ziemlich heruntergekommene,
aber dennoch sehr begehrte Ferienunterkünfte von
ausgewählten DDR-Betrieben. Auch die Campingplätze
waren damals sehr gefragt und mussten mindestens ein

Jahr im Voraus bestellt werden. Mit viel Glück, oder auch mit guten Beziehungen hatte auch ein Normalbürger die Chance, einen solchen Platz zu bekommen.

1971 ist mir die Flucht in die BRD geglückt. Damals war ich 18 Jahre alt und noch in der Ausbildung.

Betonfacharbeiter mit Abitur, für mich war das eine Notentscheidung, da es eine Ausbildung zum KFZ-Designer, meinem Wunschberuf, nicht gab. Als Alternative konnte ich mir dann nur noch Rockmusiker vorstellen, was mir meine Eltern jedoch nach heftigen Diskussionen erfolgreich ausredeten.

Inzwischen sind nun mehr als 40 Jahre vergangen und ich gehe langsam auf die Rente zu. Die letzten 25 Jahre war ich als Kunst- und Werklehrer an einer Privatschule in der Nähe von Hannover tätig. Obwohl ich ja was anderes wollte, hatte es sich so ergeben und ich konnte diesen Job aufgrund meiner Fähigkeiten recht locker bewältigen.

Mit 16 fing ich an Gitarre zu spielen und hatte immer vor, diese Leidenschaft vielleicht zum Beruf zu machen. Die Dinge kamen jedoch anders und oft hatte ich das Gefühl, dass da einer von oben eingriff und sagte: „Mein Junge, du wirst was anderes machen müssen." Mehrere Versuche ins Musik-Profilager zu wechseln , klappten nicht so richtig. Inzwischen mache ich nun schon 48 Jahre nebenberuflich Musik und das in den unterschiedlichsten Sparten und Formationen. An meiner Liebe zur Musik ist letztlich auch meine Ehe nach über 20 Jahren zerbrochen. Unsere beiden Söhne sind inzwischen erwachsen und werden das Haus bald verlassen. Auch mein Auszug steht bevor und ich werde nochmal neu starten müssen. Bei diesen Gedanken habe ich oft die Fantasie, dass ich in einem Raumschiff sitze und unaufhaltsam auf ein großes schwarzes Loch zusteuere, hinein in die absolute Freiheit, frei von Kindern, frei von Ehefrau, frei von Arbeit. Hier hilft nur Gottvertrauen und das Vertrauen, dass irgendwann am Tag X eine helfende Hand erscheint und mich führt oder mir einen Weg weist. Angst habe ich keine, aber eine gewisse Spannung verursacht es schon, außerdem macht mich dieser Umstand eher wach als schläfrig. Diese Raumschiff-Fantasien hatte ich zum ersten Mal an meinem 60. Geburtstag. Mir war klar, dass ich bald eine große Richtungsänderung in meinem Leben einschlagen muss, um nicht ins „Nichts" zu fallen beim Renteneintritt. So beschloss ich auf meinem 60.Geburtstag alle Kräfte zu bündeln und wollte nochmal den Sprung ins Musik-Profigeschäft wagen. Fit und energiegeladen genug fühlte ich mich, um noch 10 - 15 Jahre mitzumischen. So ging ich diesen Impulsen nach und fing wieder an Songs zu schreiben. Nach einem Jahr hatte ich über 20 Stücke zusammen und wählte 12 Stücke für eine CD aus. Lockere Rockmusik mit deutschen Texten, zum Teil humorvoll und nicht immer ganz ernst zu nehmen, das war mein Ding. Mit ein paar befreundeten Gast- und Profimusikern habe ich die CD dann letztlich eingespielt. Die letzten 25 Jahre spielte ich nebenberuflich immer in einer Cover-Rockband und hatte vor, das eigene Projekt mit unserer Rockformation irgendwie zu verschmelzen. Es erwies sich jedoch schwieriger als gedacht, Jobs für dieses Projekt ran zu holen. Auch fehlte mir im Bereich Marketing und soziale Netzwerke das nötige Know-how. Letztlich startete die Rockrakete nicht so, wie ich mir das gewünscht und erträumt hatte. Dem großen schwarzen Loch, dem ich mit meinem CD Projekt entfliehen wollte, komme ich nun unaufhaltsam näher.

In solchen Situationen kann vielleicht eine Auszeit ganz hilfreich sein und so beschloss ich , drei Wochen als Straßenmusiker an die Ostsee zu fahren. Eine Woche Rostock-Warnemünde, eine Woche Rügen und eine Woche Usedom. Für dieses Vorhaben hatte ich mir eine kleine batteriebetriebene Gesangsanlage besorgt. Diese Investition hätte ich mir jedoch sparen können, denn nirgendwo an der Ostsee ist es erlaubt, Straßenmusik mit Verstärker auszuüben. So blieb mir nichts weiter übrig, als „unverstärkt" gegen den Geräuschpegel der Innen- städte und Touristenmeilen anzusingen. Mich mitten in die Fußgängerzone zu stellen und laut los zu singen, kostete anfangs einige Überwindung. Auf einer Bühne zu stehen, das war ich ja bisher gewohnt, ist da viel ein- facher. Dort hat man seinen festen Rahmen und man wiegt sich in der Sicherheit, dass die Musik gewünscht ist und erwartet wird. Hier auf der Straße musst du um jeden Zuschauer kämpfen und bist froh, wenn er mal 5 oder 10 Minuten stehen bleibt. Das ist sicherlich nicht befriedigend und auch nicht der Traum eines jeden Musikers. Es ist aber ein gutes Training und daher eine gute Schule.

Schon am zweiten Tag machte ich die Bekanntschaft mit

dem Ordnungsamt, denn die wiesen mich darauf hin, dass ich keinerlei Preisangaben für meine CDs machen darf, es sei denn, ich kann eine Gewerbeanmeldung vorweisen.

Die CDs durfte ich nun nur noch gegen eine freiwillige Spende vergeben. Die Spenden gingen jedoch nie über 4 Euro hinaus, somit habe ich die CDs letztlich verschenkt, denn der Herstellungspreis lag über 5 Euro. Aller 30 Minuten müssen Straßenmusiker sich auch einen neuen Platz suchen, so besagen es die Vorschriften.

Schon nach wenigen Tagen bekam ich ein recht gutes Gefühl dafür und konnte die Leute einschätzen, wer was gibt, wer nichts und welche Stücke ich spielen sollte , wenn ich sah, dass sich ganz bestimmte Leute näherten. Da sich auch noch mehrere Straßenmusiker aus Osteuropa an den Touristenmeilen tummelten, konnte ich es nicht vermeiden, von vielen Touristen als eine Art Zigeuner angesehen zu werden. Mehrmals passierte es mir, dass mir eine ältere Oma einen Euro in den Hut legte, sicherlich aber nicht, weil ihr die Musik so gut gefiel, nein, sie tat es aus Mitleid heraus, weil sie wohl glaubte, ich sei ein obdachloser Rumäne, der um sein Überleben bettelt.

Diejenigen Menschen, denen man es äußerlich schon ansah, dass da Geld im Überfluss zu sein schien, sahen nicht die geringste Veranlassung, mal einen Euro in den Hut zu legen. Auch der typische Durchschnittsurlauber aus meiner alten Heimat hat für solcherlei Touristen-belustigung kaum eine Antenne und nahm von meiner Anwesenheit nur sehr selten Notiz. Viele Urlauber erlebte ich voll im Urlaubsstress, beschäftigt mit dem Verzehr von Bratwurst oder Eis auf dem Weg zum nächsten Shop oder ins Kaufhaus, sodass man sich als Straßenmusiker schon einiges einfallen lassen muss, um die vorbeiziehenden Promenaden-Bummler dazu zu bewegen, mal den Kopf um 90 Grad zu drehen , geschweige denn, mal eine Minute stehen zu bleiben. 2 ältere Straßenmusiker mit Klarinette und Gitarre wussten genau wie in dieser Branche Geld zu verdienen ist. Sie waren stilecht als Clowns verkleidet und spielten klassische Zirkusmusik. Die verdienten nicht schlecht, besonders bei den Kindern kamen sie gut an und da gibt Mama seinem 3-jährigen Sprössling auch gerne mal 2 Euro in die Hand, um sich darüber freuen zu können, wie der Kleine die Münze in den Hut wirft. Selbst bei mir, als nicht verkleideten Folk- und Bluesmusiker waren stets die Kinder zwischen 3 und 6 die besten Kunden.

Oft stellte ich mich auch in unmittelbarer Nähe einer Straßenkneipe oder einer Eisdiele hin, sodass die Gäste mal die Gelegenheit hatten, 30 Minuten meines Programms zu hören. Unter solchen Umständen wurde ich auch die meisten CDs los, da die Leute hier im Relax-Modus waren und auch mal zuhörten. Das Leben ist nicht immer ganz gerecht, so dachte ich, als ich eine junge Straßenmusikerin in Binz auf einer Parkbank sah. Offensichtlich war es eine Schülerin, hübsch anzusehen, gesungen hat sie aber nicht, sie schien blutige Anfängerin auf der Gitarre zu sein, denn sie spielte 30 Minuten lang immer nur die gleichen 3 Akkorde im Wechsel, ob das ein

Lied sein sollte, war mir nicht klar. Sie verdiente mehr als ich mit Gesang und über 40 Jahren Erfahrung auf der Gitarre. Schön für sie und ich gönnte es ihr, die Gesetze der Straßenmusik sind eben ganz eigene. Schöne Musik ist vollkommen unwichtig, die Hilfsbedürftigkeit einer jungen Schülerin war hier wohl das entscheidende Motiv für eine Spende. Es wäre absolut nicht nötig gewesen, dass ich mir eine Stunde Programm eingeübt hatte, das wurde in keinster Weise honoriert. Als Elvis Presley hätte ich mich verkleiden müssen, mit Perücke, weißem Glitzeranzug und weißer Gitarre, dann als erstarrte Standfigur auf einem Podest stehend und ein Mal in der Minute eine kleine rhythmische Zuckung. Das hätte genügt, ansonsten nur zuschauen, wie der Hut sich langsam füllt. Von diesen erstarrten Standbildern gab es deutlich mehr, als Musiker.

Das Handy-Zeitalter hat die Menschen verändert und die Chance, ein originelles Foto schießen zu können, veranlasst die Menschen eher dazu einen Euro zu opfern, als ihn einem Musikzigeuner vor die Füße zu werfen. Auf dem Vorplatz der Seebrücke von Binz gab jeden Abend zwischen 18 und 20 Uhr der „Ulf Binz" ,so sein Künstlername, eine Vorstellung seiner Straßenkunst. Er sang mit Verstärker, sodass er auch die Menschen in 20 bis 30 Metern Entfernung noch erreichen konnte. Er bot ein lockeres Unterhaltungsprogramm für alle Generat-ionen an,in erster Linie jedoch Piratenlieder für Kinder, denn auch er wusste, dass Kinder die besten Kunden sind. So gelang es ihm, ca. 40 - 50 Urlauber um sich herum zu versammeln. Genau so hatte ich mir das eigentlich auch für mich vorgestellt und ein entsprechendes Programm vorbereitet.

Nach seiner Show fragte ich ihn, wie er denn zu der Genehmigung gekommen sei, mit Verstärker spielen zu dürfen. Er sagte mir, dass er vor 25 Jahren eine Genehmigung vom Ordnungsamt erhalten habe und da er seit dieser Zeit jedes Jahr hier war, ist daraus eine Dauergenehmigung erwachsen. Ohne ihn abwerten zu wollen, ist er der einzige geduldete Stadtkasper von Binz. Von den Einnahmen, die er in 2 Stunden hatte, konnte ich nur träumen. Letztlich reichten meine Einnahmen gerade mal so, um meine Billigunterkunft 10 Km abseits der Küste und eine kleine Mahlzeit täglich davon zu bezahlen.

Zum Reichwerden bin ich ja auch nicht hier her gekommen, es sollte eine Auszeit sein und das war sie auf jeden Fall. Auf meinem Heimweg Richtung Hannover hatte ich jedenfalls die Gewissheit, dass die Straße kein sehr guter Ort ist, an dem man seine CDs verticken kann. In diesem „Urlaub" machte ich mir sehr viele Gedanken darüber , ob es nicht auch unkonventionelle Wege gibt, mein CD-Projekt etwas bekannter zu machen und dann kam mir die Idee, ein Buch/E-Book zu schreiben, ich könnte ja meine Flucht aus der DDR im Sommer 1971 beschreiben. Das wäre ein bisschen wie Krimi, da wäre Nervenkitzel drinnen, dafür gäbe es sicher einige Interessenten. Zu Hause angekommen recherchierte ich bei Amazon, ja da gibt es einige Fluchtbeschreibungen, die Menge hält sich jedoch stark in Grenzen, sodass ich da nicht all zu große Konkurrenz sehe. Doch ist meine DDR-Flucht spektakulär und interessant genug? Ich weiß es nicht. Interessiert das heute überhaupt noch jemanden? Auch darauf weiß ich keine Antwort. Zweifeln bringt mich aber nicht weiter, also habe ich einfach angefangen in meinen Erinnerungen zu kramen und somit war der Weg zu diesem Buch geebnet. Ganz unauffällig und schon fast nebenbei werde ich dann am Schluss des Buches noch ein bisschen Werbung für meine CD machen und die Bestelladresse bekanntgeben. Für alle, die neugierig geworden sind, biete ich dann quasi noch eine kleine musikalische Überraschung.

Nun möchte ich Sie, liebe Leser, einladen, mir zu folgen, zurück in eine Zeit, als die DDR in ihrer Blüte war, das waren meine Kinderjahre. Lesern aus meiner alten Heimat erzähl ich da sicherlich nichts Neues, für sie ist dann vielleicht die reine Fluchtbeschreibung der interessantere Teil. Lesern aus den alten Bundesländern möchte ich versuchen, die DDR aus der Sicht von Kinderaugen und auch aus der Sicht eines pubertierenden Jugendlichen etwas näher zu bringen. Auf eine reine Fluchtbeschreibung wollte ich mich nicht beschränken. Nun ist eine Geschichte daraus geworden, die meinen Lebensweg nachzeichnet. Mein Leben, meine Träume, meine Familie stehen deshalb im Mittelpunkt dieser Geschichte, aus der sich dann ableiten und nachvollziehen lässt, wie es zu solch einer Entscheidung kam, den Tod in

Kauf zu nehmen, um den großen Ziel „Freiheit" näher zu kommen.

Flucht als Familientradition

Das Thema „Flucht" war in meiner Familie nicht neu.
Meine Mutter stammt gebürtig aus der Nähe von Danzig.
Sie war das fünfte von 9 Kindern, ihre Eltern hatten einen
großen Bauernhof und als die Russen 1945 Danzig
eingekesselt hatten, gab es für die Familie nur einen Weg:
alles stehen und liegen lassen und versuchen mit dem
nächstmöglichen Schiff nach Dänemark zu gelangen.
Dieses Schiff lief damals nur wenige Tage vor der
„Gustloff" aus. Sie hatten jedoch Glück, die Großfamilie
kam mit 11 Personen heil in Dänemark an und verbrachte
die nächsten beiden Jahre auf engstem Raum in einem
Auffanglager. 1947 bekam die Familie nun endlich einen
Wohnort in Deutschland zugewiesen. Es war ein kleines
Nest namens Halsbach in der Nähe der Bergbau-Stadt
Freiberg in Sachsen. Auch hier musste die Familie auf
engstem Raum mit mehreren Personen in einem Zimmer
vorlieb nehmen. Die meisten Kinder waren nun schon
erwachsen und nahmen die erstbeste Gelegenheit wahr,
sich ein eigenes Leben aufzubauen und zogen recht zügig
aus.
 Die älteste Tochter lernte einen Holzspielzeug-
Unternehmer aus dem Schwarzwald kennen, zog nach
Baden-Württemberg und heiratete. Meine zukünftige
Mutter begann mit 15 eine Lehre in einem Rundfunk-
geschäft. In diesem Geschäft arbeitete auch mein zu-
künftiger Vater als Rundfunkmechaniker-Meister. Er fand
wohl Gefallen an der netten Auszubildenden und es

dauerte nicht lange, da hatte es gefunkt in dem Rund-
"funk"laden. Sie war die Auserwählte und sollte schon
bald Ehefrau und Mutter sein. In einer Zeit, wo es noch
nicht so viele Ablenkungen gab, konzentrierten sie sich
aufs Wesentlichste und schon zwei Jahre später war eine
Familie gegründet. Mit 19 hatte meine Mutter bereits 3
Kinder, so sah damals Familienplanung aus. Als mein
älterer Bruder Jürgen geboren wurde, war meine Mutter
17, bei meiner Geburt war sie 18, und ein Jahr später
kam mein kleiner Bruder Lars zur Welt. Nun war die
Familie komplett und meine Eltern fanden eine Bleibe
für uns am Stadtrand von Freiberg .

Meine Kindheitsjahre

Meine Kindheit in der DDR war einfach und gemessen
an heutigen Ansprüchen, sehr bescheiden, da ich nichts
anderes kannte als die DDR, spürte ich jedoch keinen
Mangel. Wir wohnten im Obergeschoss eines Zwei-
familienhauses am Stadtrand in einer 3-Zimmer-Wohnung
zur Miete. Die Miete kostete ca. 10 Ostmark im Monat.
Im Kinderzimmer war es sehr eng, da standen 3Betten
und ein Kleiderschrank, mehr Platz war nicht. Zum
Spielen sind wir sowieso immer raus gegangen. Wir
hatten einen kleinen Garten, in einem Teil davon wurden
Kohlrabi, Möhren, Lauch, Bohnen, Petersilie und Schnittlauch angebaut. Im restlichen Teil war ein Rasen, so ca.

100qm groß. Auf diesem Rasen pickten die Hühner des Hauseigentümers herum und suchten Fressbares. Beim Spielen sind wir öfter mal in Hühnerscheiße getreten, deshalb mochten wir die Hühner nicht so sehr und haben uns oft einen Spaß daraus gemacht, sie zu ärgern, indem wir sie mit einem Blasröhrchen mit Erbsen beschossen haben.

Ein weiteres schönes Spiel war es, auf eine alte Holzleiter, welche am Hühnerstall lehnte, zu klettern und Wettbewerbe zu veranstalten, wer sich traut, von der höchsten Sprosse auf den Rasen herunterzuspringen. Da wir versuchten uns gegenseitig zu übertrumpfen, schafften wir alle irgendwann die Höhe von ca. 2,4 Metern. Eine weitere beliebte Beschäftigung von uns Dreien war das Beklettern von Bäumen, möglichst hoch hinaus, so über 10 Meter wurde es langsam interessant. Eine besondere Herausforderung war es, in einem dichten Mischwald noch recht junger Bäume, möglichst hoch in die Krone zu klettern, dann zu wippen, bis wir erste Zweige des Nachbarbaumes fassen konnten, um dann überzusteigen. Wie die Affen so über ca. 10 Bäume, das gab uns Erfüllung und machte Spaß. Zu solcherlei Spielchen inspirierten uns die Eichhörnchen.

Gelegentlich sammelten wir auch alte Bretter, Balken und sonstige Materialien, schleppten sie auf die Bäume um dort oben eine Bude zu errichten. In solch einer Hütte fühlten wir uns wohl, sicher und hatten den perfekten Überblick. Ansonsten reizte es uns besonders, auf Schrott- und Müllplätzen zu stöbern, nach alten Kinderwagen-Fahrgestellen zu suchen, die wir dann umbauten zu einer Art Seifenkiste, nur eben etwas einfacher, ohne Karosse, bestehend aus einem Brett mit Sitz und lenkbaren Rädern. Mit einem Seil, welches wir in den Händen hielten, das an der Vorderachse angebracht war, konnten wir lenken. So hatte immer einer die ehrenwerte Aufgabe, die Karre mit einer Stange zu schieben. Nachdem wir uns selbst das Fahrradfahren auf dem Fahrrad unserer Mutter beigebracht hatten, banden wir die Karre an das Fahrrad und zogen sie. Im Alter von 8 oder 9 konnten wir auf dem Fahrrad unserer Mutter natürlich nur im Stehen fahren, da der Sattel mindestens noch 20 cm zu hoch war.

Die ersten Kinderräder gab es zwar schon, jedoch hatten wir noch nie eins gesehen und hatten auch sichtlich Spaß mit dem Rad unsere Mutter. Hätte es damals schon Abenteuerspielplätze gegeben, nach pädagogisch, wissenschaftlichen Studien und Maßstäben konzipiert, hätte ich diese sicherlich eher langweilig gefunden, weil es dort nicht die interessanten Fundstücke gegeben hätte, wie wir sie auf manchem Schrottplatz entdeckt hatten, was uns immer anregte, daraus etwas Kreatives, Eigenes zu bauen. Gelegentlich passierte es auch schon mal, dass wir die Zeit völlig vergaßen, wenn wir auf Entdeckungs-tour zu irgendwelchen Steinbrüchen oder Industrie - schrottplätzen waren.

An ein Erlebnis erinnere ich mich besonders gut, wir waren schon nicht mehr ganz so klein und kamen erst gegen 20 Uhr zu Hause und nicht wie uns aufgetragen wurde um 18 Uhr. Unsere Mutter war außer sich. Bei kleineren Vergehen gab es schon mal eine ordentliche Backpfeife, aber dieses schien ein größeres Vergehen gewesen zu sein und so ordnete unsere Mutter eine Tracht Prügel an.

Hier schlug ihre preußische Herkunft voll durch und mein Vater, der Elektromeister, wurde beauftragt, sich als Prügelmeister zu betätigen und musste diesen Job erledigen. In bestimmten Situationen konnte mein Vater Frauen nicht widerstehen, also schlug er los. Wir ,damals 9, 10, und 11 Jahre alt ,mussten uns anstellen wie beim Bäcker und jeder bekam mit bloßer Hand ca. 20 Schläge auf den Arsch. Da mein großer Bruder Jürgen zuerst dran kam und ich zuschauen durfte, hatte ich ca. eine Minute Zeit, mich innerlich auf diese Erziehungslektion vorzubereiten. Dabei fiel mir auf, dass mein Vater zwar weit ausholte, aber kurz vor dem Aufschlag die Hand wieder etwas abbremste. Tat er das um uns oder seine Hand zu schonen? Weiterhin fiel mir auf, dass Jürgen zwar wie am Spieß schrie, aber es war irgendwie nicht echt, mir kam es gespielt vor. Wichtig war jedoch in diesem Moment, dass meine Mutter glaubte, dass es ordentlich wehtun müsse. Nun kam ich an die Reihe, ich hatte schnell gelernt und schrie schon los, bevor mich der erste Schlag traf. Auch ich betrachtete diese Zeremonie als einen Grundkurs in angewandter Schauspielerei. Die Schläge waren in Aufschlagkraft eher lächerlich. Schmerzen spürte ich keine, aber ich schrie was das Zeug hielt und gab meinen Eltern somit das sichere Gefühl , sie hätten hier ganze

Arbeit geleistet. Schlau, wie mein kleiner Bruder Lars
war, kopierte er nur noch unser Verhalten, dann waren wir
damit durch und zogen uns ins Kinderzimmer zurück.
Dort mussten wir alle erst mal lachen und machten uns
über unsere Eltern lustig. Solche Momente schweißten
uns irgendwie zusammen.

Unsere Wohnung

In der Wohnung gab es eine kleine Essküche, in der ein
Tisch, 5 Stühle, ein Kohleherd und ein alter Küchen-
buffet-Schrank stand. An einer Wand war noch ein
Waschbecken montiert, darüber war ein Wasserhahn für
Kaltwasser. In diesem Waschbecken wurde Geschirr
abgewaschen, es diente aber auch als Waschbecken zum
Zähneputzen und für die allgemeine Körperpflege, denn
ein Badezimmer gab es keins. So etwas wie Kühlschrank
kannten wir zu der Zeit auch noch nicht. Nach jeder
Mahlzeit wurden die schnell verderblichen Dinge in den
Keller getragen, da dort ganzjährig eine Temperatur von
ca. 14 Grad Celsius herrschte. Unten im Hof gab es noch
ein sogenanntes Waschhäuschen und jeden Freitag war
Waschtag, da wurde der Kohleofen mit dem darüber
befindlichem Waschkessel angefeuert. Beide Familien des
Hauses schlossen sich zusammen und wuschen die
angefallene Wäsche mit der Hand in einer großen
Zinkwanne auf einem Zink-Waschbrett.Selbstverständlich
war das der Job der Hausfrau .Die Bettwäsche wurde oft

nach dem Trocknen auf dem Rasen zum Bleichen
ausgelegt. Am frühen Abend kamen dann wir Kinder an
die Reihe, alle 3 zusammen in die Wanne, so wurden wir
von Mama geschrubbt und für die nächste Woche wieder
aufbereitet.

Fortschritt zog ein

Gegen Ende der fünfziger Jahre, ich glaube, ich war
ungefähr 7, kam mein Vater eines Tages mit einer großen
schweren Kiste ins Haus, wir waren alle sehr gespannt,
was da wohl drinnen sei. Nach dem Auspacken bestaun-
ten wir ein neues Möbelstück auf vier Holzbeinen
stehend. Im vorderen unteren Teil mit Stoff bespannt,
außen herum Holz, die Ecken abgerundet, im oberen
vorderen Teil eine Glasscheibe, dahinter nochmal Glas,
jedoch matt, leicht gewölbt und die Ecken abgerundet.
„Das ist ein Fernseher", sagte mein Vater voller Stolz,
eine der fortschrittlichsten Erfindungen der Menschheit.
Mein Vater war ja an der Quelle und so waren wir wohl
eine der ersten Familien in der 60 000 Einwohner
zählenden Stadt, die einen Fernseher hatten.
Das war eine Sensation, Nachbarn, Verwandte zeigten
plötzlich alle spontanes Interesse uns besuchen zu wollen,
um diesen Wunderkasten bestaunen zu können.Natürlich
richtete mein Vater die Antenne auf dem Dach Richtung
Berlin aus, um auch Westprogramm empfangen zu können. Meistens am Wochenende rückten die Besucher-

ströme an, um dann gemeinsam in diesen Zauberkasten zu starren. Dabei meldeten sie sich keinesfalls vorher telefonisch an. Das war nicht üblich, denn ein Telefon hatten nur ganz wenige Menschen. In Behörden, auf der Post, in öffentlichen Einrichtungen, in Firmen und Betrieben gab es natürlich Telefone, jedoch in privaten Haushalten so gut wie nicht. Als das Wohnzimmer dann mit Menschen gefüllt war, wurde noch schnell etwas zum Knabbern und zum Trinken auf den Tisch gestellt und alle stierten fasziniert in dieses neue Möbelstück. Das Bild war an manchen Tagen so schlecht, besonders beim Westempfang, dass man nur erahnen konnte, um was es da eigentlich ging. Die Erwachsenen schienen jedoch große Freude daran zu haben, durch dieses Möbelstück in den Westen rüberschauen zu können. Meistens spielte ich auf dem Fußboden mit Dingen, die mich mehr interessierten und so bekam ich den Inhalt der meisten Sendungen nicht mit.

.

Der erste Trabant

1960, da war ich gerade 8 Jahre alt, sorgte mein Vater für eine weitere Sensation in unserem Leben. Wir erhielten unseren lang ersehnten ersten „Trabant". Mehr als fünf Jahre hatten wir seit der Bestellung auf dieses gute Stück warten müssen. Vorher fuhr mein Vater nur einen Motorroller, „Wiesel" genannt, darauf durfte nur gelegentlich mal einer meiner Brüder und ich mitfahren. Von nun an war jedoch alles anders und in der Sommerzeit wurde jeden Sonntag ein Familienausflug unternommen. So lernten wir alle Burgen, Schlösser, Zoos und sonstige Sehenswürdigkeiten rund 70 Km um Freiberg herum kennen.

Mehrfach fuhren wir nach Dresden, dort waren die Wunden des Krieges noch überall sichtbar. Berge von Trümmern waren noch an vielen Stellen in der Stadt aufgetürmt. Zerbombte Ruinen von alten Prunkbauten übten auf uns eine besondere Faszination aus.

Beeindruckend fanden wir den hohen Trümmerberg der Frauenkirche. Zwei Pfeiler ragten aus den Trümmern noch heraus und es sprießten junge Birken zwischen den Gesteinsbrocken hervor, auch wuchs Moos und Gras auf vielen Trümmerbrocken und einige wenige Schafe ernährten sich von diesem frischen Bewuchs. Frisches Leben spross überall aus den Trümmern.

Auch fuhren wir oft in den Dresdner Zoo oder ins Elb-sandsteingebirge, dieses mochten meine Brüder und ich am liebsten, da wir dort so gut klettern konnten. Die Landschaft hatte was Magisches auch etwas Märchen-haftes, was sich tief in meine Seele eingrub.

Der erste Familienurlaub

Im Sommer 1960 unternahmen wir mit unserem Trabant den ersten gemeinsamen Familienurlaub. Campingurlaub am Knappensee in der Nähe von Bautzen bei Dresden. Camping, so einfach und spartanisch, wie man es sich nur vorstellen kann. Die Zelte standen ungeordnet und mehr oder weniger zufällig genau da, wo jeder Lust hatte, sein Zelt aufzubauen. Außerdem gab es zwei kleine Holzhäuschen, das waren die Klos. Dort war immer so ein reger Andrang, dass die meisten Camper es vorzogen, uns eingeschlossen, ihr Geschäft mit einem Campingspaten ausgerüstet in irgendeinem naheliegendem Gebüsch zu verrichten.

Es schienen jedoch nicht alle Camper einen Campingspaten gehabt zu haben, sodass man schon sehr gut aufpassen musste, wohin man trat. Nachts wagte sich deshalb keiner in den Wald um seine Notdurft zu verrichten. So etwas wie ein Waschhäuschen oder Duschen gab es nicht, man holte im Gummibeutel Wasser von der einzigen Kaltwasserstelle und machte seine Katzenwäsche einen Meter neben dem Zelt. Außerdem gab es noch eine kleine Verkaufsbude, an der jeden Morgen eine 20 bis 40 Meter lange Menschenschlange stand, um sich mit Grundnahrungsmitteln einzudecken. Jeden Abend standen mehrere Menschen, meist mit selbstgebauten Angelruten im flachen Teil des Sees und angelten Fische, die dann sofort geschlachtet und gebraten wurden. So verbrachten wir drei Wochen an diesem See und begnügten uns damit, die Landschaft zu erkunden, baden zu gehen und auf einem kleinen Spirituskocher Mahlzeiten zuzubereiten. Und in den 3 - 4 Stunden Freizeit, die für meine Mutter noch blieben, wurden Liebesromane gelesen, mein Vater hatte sich Western-Romane organisiert. Abends am See wurde manchmal auch ein Lagerfeuer angezündet. Die sich dort versammelnden Camper tranken Bier, wir Kinder tobten herum. Manchmal griff mein Vater zur Gitarre und sang Seemannslieder von Freddy Quinn. Eine Sehnsucht nach Freiheit lag irgendwie in der Luft, Klänge von Freiheit, das war Camping-Romantik 1960.

Westurlaub 1961

Im Juli 1961 kam mein Vater eines Tages jubelnd nach Hause. Er hatte einen Brief von den Behörden bekommen. Wir hatten die Genehmigung für drei Wochen mit dem Trabant in den Westen zu reisen, um unsere Verwandtschaft besuchen zu können. Das war für meine Eltern wie ein Lottogewinn. Die älteste Schwester meiner Mutter war ja bereits in den frühen fünfziger Jahren im Schwarzwald ansässig geworden. Etwas später, 1956, bekamen die Eltern meiner Mutter, samt den noch 4 bei ihnen lebenden Kindern, eine Urlaubsreise in den Schwarzwald genehmigt, um die älteste Tochter besuchen zu können. Die Familie kehrte aus diesem Urlaub nicht mehr zurück und siedelte sich am Rande der Schwäbischen Alb an. Ja und nun, Mitte Juli 1961 hatten wir die Genehmigung erhalten, unsere Westverwandtschaft zu besuchen, das war schon was Besonderes. Wir drei Geschwister zu dritt auf der Rückbank des Trabis, der Kofferraum voll mit Gepäck und auf dem Dach noch ein Gepäckträger voller Koffer. Nun ging es Richtung Hof und dort über die Grenze Richtung Stuttgart. Kaum hatten wir die Grenze passiert, kam ich auch schon aus dem Staunen nicht mehr heraus. Die Tankstellen waren blau, rot oder gelb, die vielen tollen Autos, die es zu bestaunen gab, die Häuser hatte Farbe.

Bei uns in Freiberg waren alle Häuser nur grau in den verschiedensten Abstufungen, stellenweise fehlte der Putz an den Wänden. Im Westen nun die vollen Läden und die vielen bunten Verpackungen, das war schon beeindruckend. Spontan waren wir uns alle einig: im Westen ist alles besser. Für das Auge wurde viel geboten und das wirkte. Fast geplättet war ich, als wir die Tante meines Vaters in Wiesbaden besuchten und dort einen Ausflug nach Frankfurt am Main in die Nähe eines US-Militär-Stützpunktes machten. Ein riesiges Wohnareal mit kasernen-ähnlichen Wohnblöcken und großen Parkplätzen ,auf denen chrom-funkelnde Straßenkreuzer standen, einer schicker und größer als der andere. So ist es also in Amerika, waren meine Gedanken und ich kam aus dem Staunen nicht mehr heraus, hier hätte ich mich stundenlang aufhalten können.

Mein Vater war so nett und fotografierte für mich einige dieser tollen Schlitten. In der dritten Woche unseres Urlaubs gaben sich unsere Verwandten alle Mühe, meine Eltern zu überreden, doch da zu bleiben, die Gelegenheit wäre doch einmalig! Nach langem Ringen entschieden sich meine Eltern nun doch zurückzufahren, jedoch mit der Absicht im Hinterkopf, ein Jahr später wiederzukommen, weil sie alle wichtigen Dinge, woran ihr Herz hing, dann mitnehmen wollten und was noch etwas Geld bringen würde, wollten sie vorher verkaufen. So kamen wir am 11. August 1961 wieder heil und mit vielen schönen Erlebnissen erfüllt, in Freiberg an. Zwei Tage später, am 13. August erschrak ich und es stockte mir der Atem, als wir miterlebten, wie mein Vater den größten Tobsuchtsanfall seines bisherigen Lebens bekam.

Der große Schock

Mein Vater lief schreiend durch die Wohnung und rief: „Ich bin ein Rindvieh, was für ein blödes Rindvieh bin ich!" Zunächst wusste ich nicht, wie ich das deuten sollte, hatte er jetzt eine höhere Stufe der Selbsterkenntnis erklommen? Denn auch in meiner Entwicklung und in der meiner Brüder, wurden öfter mal Tiervergleiche herangezogen. Immer wenn mir mal was misslang, sagte er "du Schaf" oder eine verniedlichte Form, dann hieß es"du Schepps".

Irgendwie musste wohl was Schreckliches passiert sein und in meiner kindlichen Naivität verstand ich zunächst nicht, was los war. Nach und nach realisierten wir es langsam: die Staatsgrenze war über Nacht geschlossen worden. Für meine Eltern ein Trauma, ein Schock. Für mich war das weniger schockierend, da ich die Tragweite dieses Ereignisses zu der Zeit nicht überschauen konnte. Aus den Gesprächen der Eltern, der Oma, der Onkels,

Tanten und Bekannten konnte ich entnehmen, dass das ein dramatisches Ereignis gewesen sein muss. Es gab über mehrere Wochen nur dieses eine Gesprächsthema. „Jetzt haben die Hunde uns auch noch eingesperrt." An diesen Satz meines Vaters erinnere ich mich noch gut.

In der Schule wurde kaum davon gesprochen, was wohl in erster Linie daran lag, dass ich gerade mit der dritten Klasse begonnen hatte. Was jedoch bei mir hängen geblieben ist, ist eine Äußerung der Klassenlehrerin, die uns mitteilte, dass ein Schutzwall gegen den feindlichen Imperialismus errichtet wurde. Da ich ja noch eine Woche zuvor in der BRD war und ich das Leben dort friedlich und faszinierend fand, kam mir die Äußerung der Lehrerin sehr unglaubwürdig vor. Das Leben musste weitergehen und es dauerte noch einige Zeit bis wir alle realisierten: jetzt sind wir eingesperrt. Es blieb uns nichts anderes übrig, als uns an diesen Zustand zu gewöhnen. Die Familie zerrissen , alle Träume zerschlagen. Wir arrangierten uns mit den Zuständen und machten das Beste daraus. Wir hatten eine Wohnung, einen Trabi, zu Essen und einen Fernseher, mit dem man in den Westen schauen konnte. Dieses Guckloch in den Westen war das Einzige, was uns vom Traum der Freiheit blieb.

Unangenehmer Besuch

2 - 3 Jahre später, ich glaube es war 1964, erinnere ich mich an ein Erlebnis, das sich bis heute tief in meine Seele eingrub. Es war an einem Sonntag morgen, so gegen 9 Uhr. Meine Brüder und ich spielten in einer Art Wintergarten, ein Glashaus, in dem helle Trauben wuchsen. Durch diese Veranda musste man gehen, um zum Wohnungseingang zu gelangen. Dieser unbeheizte Raum war für uns Kinder immer ein Spielraum, in dem viele Weberknechte lebten und an den Wänden auf und ab kletterten. Als keiner Junge fand ich es immer spannend, ihnen 2 -3 Beine auszureißen, um dann zu erforschen, ob sie noch genauso gut klettern konnten wie vorher. Faszinierend fand ich, dass sich die ausgerissenen Beine oft noch eine Zeit lang bewegten, ja, da war noch Leben in den ausgerissenen Beinen.

Jedenfalls klingelte es so gegen 9 Uhr an der Haustür, meine Eltern schliefen noch, denn sie hatten am Abend zuvor Tanzmusik gemacht, wie jeden Samstag. Meine Mutter war Sängerin, mein Vater war auch Sänger und Hawaii-Gitarrist in einer Tanz - Combo. Nun ging ich zur Tür und öffnete sie, vor mir stand meine Klassenlehrerin der damaligen vierten Klasse, begleitet von drei düsteren Herren in langen schwarzen Ledermänteln. Diese Herren hatten Hüte mit breiten Krempen auf dem Kopf. Mit finsterer Mine, sehr ernst und nüchtern sagte einer: „Wir müssen deine Eltern sprechen." Meine Klassenlehrerin sagte nicht einen Ton, die Stimmung an der Haustür war erschreckend, ich hatte Angst und dachte, irgend etwas Schlimmes muss passiert sein. Schnell lief ich hoch ins Schlafzimmer meiner Eltern und sagte aufgeregt: „Da unten sind drei Männer und meine Klassenlehrerin Frau Hellbach, die wollen zu euch. Notdürftig zogen meine Eltern sich ihre Bademäntel über und gingen an die Haustür, da hörte ich nur noch: „Staatssicherheit, wir müssen sie dringend sprechen." Dann verschwanden meine Eltern mit dieser düsteren Gesellschaft ins Wohnzimmer, wir Kinder mussten draußen bleiben. Nach ca. 20 Minuten verließen sie das Haus ohne uns Kinder auch nur eines Blickes zu würdigen. Meine Eltern danach völlig aufgewühlt, erzählten uns umgehend, was geschehen war.

Einige Tage zuvor, kurz nach der Morgenbegrüßung in der Schule, bei der die Lehrerin wie üblich sagte „Seid bereit" und die Schüler antworten mussten: „Immer bereit", fragte uns Frau Hellbach, was wir denn am letzten Samstag abends schönes gemacht hätten .Auskunftsfreudig wie Kinder nun mal sind, schossen viele Arme in die Höhe, in der Hoffnung dran zu kommen. Auch ich meldete mich und als ich dran kam sagte ich: "Ich durfte den Anfang eines Kriminalfilms im Fernseher schauen." Darauf war ich sichtlich stolz und glaubte, dafür könne ich Bewunderung ernten. Frau Hellbach fragte daraufhin: "So, so, einen Kriminalfilm, wie hieß der denn?" Darauf wusste ich keine Antwort. In der DDR gab es zu dieser Zeit nur ein oder zwei Fernsehprogramme und an dem besagten Abend lief da wohl kein Kriminalfilm. Ab diesem Moment stand meine Familie unter besonderer Beobachtung des Staatssicherheitsdienstes. Mein Vater sagte nur noch: "Wie konntest du so dusselig sein und das in der Schule erzählen." Nun hatte ich eine der wichtigsten Lektionen im Leben gelernt. Westfernsehen ist verboten und man darf nie etwas Unüberlegtes ausplaudern.

Entdeckung einer Leidenschaft

Im Alter von 8 Jahren entdeckte ich eine faszinierende Leidenschaft. Es reizte mich, irgendwelche Bastelmaterialien zu sammeln, wie alte Schuhkartons, Metallfolien, Plexiglas, Drähte und so weiter. Dann nahm ich Leim und Schere zur Hand und fing an, daraus Autos zu bauen, ganz aus der Fantasie heraus. Mein allererstes Auto sah jedoch einem Trabant sehr ähnlich. Mit der Zeit wurden die Autos immer genauer und es reizte mich, Westautos nach Fotovorlagen zu bauen. Mein achtes oder neuntes Auto war schon so detailliert und mit viel Liebe gebaut, dass ich es mit in die Schule nahm, um es anderen Schülern und den Lehrern zu zeigen. Bei der nächsten großen Schulausstellung, auf der vorrangig Handarbeits- und Werksachen ausgestellt wurden, welche in der Schule entstanden sind, durfte ich nun mit Stolz drei meiner schönsten Autos präsentieren. Das Lob und die Anerkennung vieler Schüler und Lehrer genoss ich in vollen Zügen. Eine Lehrerin war jedoch dabei, die mich kritisierte, weil zwei dieser Autos wohl Westautos waren, das dritte war ein Trabant, dafür bekam ich Lob und Anerkennung.

Von der Sehnsucht groß zu werden

In der Zeit zwischen 1965 und 1968 verabschiedete ich mich langsam von der Kindheit und es wurde mir immer mehr bewusst, dass wir in einem Überwachungsstaat lebten, in dem man sich jedes Wort genau überlegen musste, bevor man es aussprach. Es gab sicherlich enge Vertraute und Verwandte, bei denen man sich sicher fühlen konnte, da wurde auch gewitzelt, geschimpft und gelästert, alles ohne Angst. Doch jeder Fremde löste spontan Misstrauen und Unbehagen aus. Ein Schulfreund von mir, der Alex, der hatte auch Westverwandtschaft, er bekam zum Geburtstag eine vierfarbige Hippie-Hose, das war sein ganzer Stolz.

Im Alter von ca. 14 Jahren ging bei uns in der Schule ein reger Tauschhandel los. Neben irgendwelchen Klamotten aus dem Westen wurden auch BRAVO-Hefte gehandelt. Natürlich war es verboten, diese in die DDR einzuführen. Viele Besucher aus dem Westen schleusten trotzdem diese Heftchen ein, dadurch waren wir immer auf dem neusten Stand und wussten, wie sich die Jugend im Westen und in England kleidete. Jedenfalls trugen die Pop-Stars der sechziger Jahre oft diese bunten Hosen, meistens unten

mit Schlag ausgestellt und noch mit Kettchen verziert.
Alex trug nun seine bunte Westhose mit Stolz und es
dauerte nicht lange, da stoppte auf offener Straße neben
ihm ein Auto der Schutzpolizei und man zerrte ihn
kurzerhand in den Wagen. Auf der Polizeiwache wurde
ihm die Hose ausgezogen, sie wurde beschlagnahmt.
Mitte der sechziger Jahre war es üblich, dass Jugendliche
mit langen Haaren ebenso von der Schutzpolizei auf
offener Straße eingefangen wurden. Diesen jungen
Männern wurden dann unter Aufsicht der Polizei die
Haare abgeschnitten. Solcherlei Eingriffe ließen jedoch
Ende der sechziger Jahre deutlich nach, da die Obrigkeit
es offensichtlich nicht mehr schaffte, gegen so viele
Jugendliche vorzugehen.

1965 zogen wir um, mitten in die Innenstadt von
Freiberg, in den dritten Stock eines Mehrfamilienhauses.
Immerhin gab es hier zwei Räume mit Kachelöfen und
einen mit Kohle zu befeuernden Warmwasserboiler
neben einer Badewanne. Dass wir nun ein Badezimmer
hatten, war ein großartiger Fortschritt. Auch gab es hier
eine Wasserspül-Toilette, so etwas kannten wir bislang
nur von unserem Westurlaub vor 5 Jahren. In unserer
alten Wohnung war ja auf halber Höhe im Treppenhaus
ein „Plumsklo",eine Art Holzanbau an der Außenwand.
Die „Hinterlassenschaften" fielen dann immer in eine
Jauchengrube. Einmal im Jahr schöpfte der Hauseigen-
tümer diese stinkende Brühe ab und düngte damit seine
Erdbeeren. Für uns Kinder war das immer ein Grund,
davon niemals zu naschen. Jedenfalls im Winter, so bei

minus 10 oder 15 Grad war es da schon wirklich
„arschkalt".Jahrelang glaubte ich immer, dass daher
dieser überlieferte Begriff kommt. Den Fortschritt des
Wasserspül-Klosetts genossen war daher in höchsten
Zügen. Doch auch in der neuen Wohnung mussten wir
uns zu dritt in einem ca. 10qm großen Zimmer zusam-
menpferchen. Dort passten mit Ach und Krach gerade mal
drei Betten und eine Kommode rein. Ein Bett war ein
Klappbett, welches man hochklappen musste, wenn man
sich im Raum noch bewegen wollte. Aber es gab
immerhin einen Kühlschrank und eine Waschmaschine.
Die Zeit des Schrubbens von Hand war nun endlich für
meine Mutter vorbei.
Fast jedes Jahr bekamen wir für ca. eine Woche West-
besuch ,entweder von Oma und Opa oder von einem
Onkel oder von einer Tante. Diese bat ich immer, mir
Autoprospekte mitzubringen. So hatte ich schon diverse
Prospekte von Westwagen, auch brachten sie mir Siku-
Modellautos mit, so hatte ich genügend Material, um
davon neue Entwurfszeichnungen und Baupläne für
künftige eigene Modelle anzufertigen. Wie in einem
Rausch stand ich oft morgens um 5 Uhr auf, richtete mich
auf dem Wohnzimmertisch ein. Da ich ja kein eigenes
Zimmer hatte, bastelte ich dort schon mal bis 7 Uhr. Dann
wurden die anderen Familienmitglieder wach, das hieß,
ich musste zusammenräumen und mich langsam auf den
Weg zur Schule begeben. Mittlerweile hatte ich auch
schon mal eigene Karosserie-Entwürfe gezeichnet und
diese mit Pappe und Leim verwirklicht. Die letzten beiden

Autos baute ich, ich war schon 15 Jahre, das waren meine „Flaggschiffe", da steckte schon mal 60-70 Stunden Arbeit in einem Modell. Der Nachbau eines Cadillac Cabriolet Baujahr 1967 war der krönende Abschluss meiner Leidenschaft. Der hatte Sitze mit Lederpolster, absenkbare Seitenscheiben, alle Türen und Klappen konnte man öffnen, Einzelradaufhängung, Federung , Lenkung, automatische Blinklichter und Faltverdeck. Das ganze wurde natürlich nach dem Verschleifen der Spachtelmasse auch richtig lackiert. Die ganzen Chromteile stellte ich aus Silberpapier her, welches früher immer in den Zigarettenschachteln war. Für dieses Austellungsstück erntete ich viel Lob und Bewunderung von Freunden und Verwandten. Für mich war das so etwas wie ein Abschluss der Kindheit.

Von nun an hatte ich andere Interessen, es interessierte mich mehr, was so auf der Straße abging. Mit meinem Schulfreund Alex bin ich dann regelmäßig nach der Schule durch die Innenstadt gezogen um Spaß zu haben oder auch Mädchen hinterher zu laufen. Die Lomonossowstraße, die Straße in der wir wohnten, war ca. 8 Meter breit und ohne Lücken säumten an beiden Seiten die grauen Hausfassaden. In der Innenstadt gab es viele Menschen, die offensichtlich unendlich Zeit hatten, denn bei geöffnetem Fenster hingen immer welche mit den Ellenbogen aus dem Fenster und starrten stumpfsinnig auf die Straße herunter, manchmal über eine Stunde ohne Unterbrechung. Gelegentlich tat ich es auch, jedoch nie länger als 10 Minuten und es war mir peinlich, wenn gegenüber, in ca. 8 Meter Entfernung eine ca.50 jährige Frau raus guckte, dann wartete ich bis sie verschwand und nutzte danach die Gelegenheit. Eigentlich gab es ja nichts weiter zu sehen außer einen HO - Einkaufsladen im Haus gegenüber. Man sah, wie Menschen mit leeren Einkaufstaschen in den Laden gingen und irgendwann mit vollen Taschen oder Einkaufsnetzen wieder herauskamen und nach 100 Metern um die Ecke bogen. Das war alles, mehr passierte nicht. Immerhin hatten wir aber ein Stadtkino , das war genau unser Nachbarhaus und immer ab 17 Uhr versammelten sich unten auf der Straße viele Jugendliche, allerdings nicht unbedingt um ins Kino zu gehen. Sie standen in kleinen Gruppen, zu fünft, zu sechst oder zu siebt, oft nur um Spaß zu haben, zu quatschen und vor allem um Musik zu hören. Viele dieser Jugendlichen hatten lange Haare, meine Mutter sagte immer Gam-„mler" zu ihnen. Fast alle hatten eine Kippe im Mund und einer hatte stets ein Kofferradio dabei. Dieses wurde lässig im Unterarm gehalten, so als wenn es ein kleines Baby wäre, das es zu beschützen galt. Natürlich hörten sie immer Westradio, die Hitparade, Hits von den Beatles, den Rolling Stones, den Kinks, den Searchers und wie sie alle hießen. Die Jugendlichen waren so zwischen 16 und 19. Die Musik, die sie hörten, waren für mich Klänge von Freiheit und ich wäre gerne mit in der Runde gewesen.

Wir waren ja eine sehr musikalische Familie, auch ich lernte seit meinem zehnten Lebensjahr ein Instrument: ein Akkordeon. Einmal pro Woche musste ich um 17 Uhr zum Unterricht, immer mit dem Akkordeon auf dem Rücken ausgerechnet an diesen Jugendlichen vorbei. Akkordeon war für mich der Inbegriff von Seemanns- und Volksliedern. Es war mir jedes Mal peinlich, wenn ich an diesen Jugendlichen vorbeimusste. So dauerte es nicht lange, da entschloss ich mich, meiner Mutter zu beichten, dass ich das Akkordeon nicht mehr spielen wolle. Von nun an war klar, ich wollte Gitarre lernen. Mein Vater hatte ja eine Western-Gitarre und eine Hawaii-Gitarre. Er zeigte mir die ersten Griffe auf der Gitarre und ich nutzte dann jede freie Minute, um zu üben. Für seine Tanz - Combo hatte mein Vaters die komplette Vestärker-anlage selbst gebaut.

Diese Fähigkeit erwarb er sich schon kurz nach dem Krieg, indem er als Elektroschrott - Verwerter in den Kriegstrümmern stöberte, nach alten Radios suchte und daraus funktionierende baute, um sich etwas Geld zu verdienen.

Die Kapelle meines Vaters war somit eine der ersten Kapellen, die eine vernünftige Verstärkeranlage hatten. Diese Fähigkeiten und das Können meines Vaters bewunderte ich damals sehr. Auch seine Hawaii-Gitarre hatte er selbst gebaut und er spielte damit Schlager der fünfziger Jahre. Am liebsten sang er Seemannslieder von Freddy Quinn. "Meine Heimat ist das Meer", liegt mir heute noch in den Ohren. Als Solist auf der Hawaii-Gitarre spielte er sich in die Herzen seines Publikums. Mein Ziel war es nun, auch so schnell wie möglich eine Band zu gründen, dann könnte ich stolz mit einer Gitarre

an den Jugendlichen da unten vorbeigehen und die
würden mir dann hinterher schauen und sagen: "Eh, ein
Typ mit Gitarre, das beatet", was man heute übersetzen
könnte mit „ echt geil".

Erster Urlaub ohne Eltern

Im März 1968 bekamen mein älterer Bruder Jürgen und
ich von unserer Mutter eine einwöchige Urlaubsreise in
den Harz geschenkt. Sie hatte über den Gewerkschafts-
bund den Urlaubsplatz für sich bekommen, wollte ihn
jedoch nicht in Anspruch nehmen, da sie sich noch um
meinen kleinen Bruder und um meinen Vater kümmern
musste, wie Mütter eben so sind. Wir fanden das Angebot
ganz verlockend und fuhren für eine Woche zum Wandern in den Harz nach Ilfeld, ca. 10 km nördlich von
Nordhausen. Fast jeden Tag unternahmen wir Wander-
ungen von ca. 20, manchmal sogar 30 km Länge. Zum
Abendessen saßen wir immer an einem Fensterplatz mit
Aussicht auf die Hauptstraße. Als ich durch die Gardine
auf die Straße schaute, fiel mir auf, dass jeden Abend im
Haus gegenüber im ersten Stock ein Mädchen aus dem
Fenster schaute, ähnlich wie es auch in Freiberg üblich
war. Am dritten oder vierten Abend zog ich die Gardine
etwas zur Seite und winkte ihr zu. Sie lachte und winkte
zurück, damit hatte ich nicht unbedingt gerechnet. Am
nächsten Abend schaute sie wieder heraus, ich winkte ihr

wieder zu, sie winkte abermals zurück und lächelte wieder. Spontan stand ich auf , ging auf die Straße und rief zu ihr hoch: "Hast du nicht Lust mal runter zu kommen?" Sie ließ sich nicht lange bitten, lächelte und kam. Als ich sie aus der Nähe sah, war es um mich geschehen, spontan war ich von eine Sekunde auf die andere in sie verliebt. Das erste Mal, so ein Gefühl kannte ich vorher nicht. Sie war bildhübsch, von schöner Gestalt, hatte langes braunes Haar, blaue Augen und ein bezauberndes Lächeln auf den Lippen. Sie machte mich reichlich verlegen, ich war fasziniert davon, dass sie so offen, unkompliziert und natürlich war. Wegen mir ist sie nun auf die Straße runter gekommen, das musste ich erst mal verkraften.

Sie schien nun eine Reaktion von mir zu erwarten. Verlegen sagte ich: "Wollen wir spazieren gehen?" Sie sagte o. k. , so gingen wir spazieren und beschnupperten uns, wie es Jugendliche eben so tun. Sie war 14 und ein halbes Jahr, also ein Jahr jünger als ich, alles fühlte sich leicht, natürlich und unkompliziert an, ich fühlte mich wohl. Wir verstanden uns auf Anhieb und verabredeten uns für den nächsten Tag, um gemeinsam nach Nordhausen ins Hallenbad zu fahren. Voller Aufregung konnte ich den nächsten Tag kaum erwarten. Mein Herz pochte bis zum Hals, Beate strahlte, als wir uns begegneten, dann stiegen wir in den Bus und führen nach Nordhausen. Die Stunden im Hallenbad waren einfach nur schön, wir spielten im Wasser eher wie Kinder, die ihren Spaß haben und es reizte mich, sie auch mal zu berühren, was ich mich jedoch nicht traute. Ihre Offenheit und ihr Lächeln faszinierte mich in jeder Sekunde unseres Zusammen-. seins. Auf dem Rückweg im Bus war es sehr voll, die Fahrgäste standen dicht gedrängt, da alle Sitzplätze besetzt waren. Wir standen im Gedränge und gelegentlich berührten sich mehr zufällig als gewollt unsere Hände. Meine Aufregung stieg und ich spürte ein Verlangen, ihre Hand anfassen zu wollen. Nach der fünften oder sechsten zufälligen Berührung gab ich meinem Verlangen nach und fasste zärtlich ihre Hand. Für mich war dieses der schönste Moment in diesem einwöchigen Urlaub! Eigentlich hätte ich den anderen Fahrgästen unendlich dankbar sein können, denn sie hatten uns ja so zusammengedrückt und uns dadurch auf die Sprünge geholfen.

An diesem Abend standen wir noch mehr als 2 Stunden bei ihr unten im Hausflur, streichelten und küssten uns innig. Das erste Mal verliebt und dann gleich so richtig, von 0 auf 100 in wenigen Sekunden .Ja mich hatte es voll erwischt und ich war tief bewegt von dieser Leiden-, schaft, ein Gefühl, das ich so noch nicht kannte. Was mich jedoch an diesem Abend am meisten schmerzte, war die Gewissheit, dass wir am nächsten Tag abreisen mussten. Dieser Folgeschmerz war hart, denn ich wusste, wir werden uns lange nicht wiedersehen können, doch wir versprachen uns, ganz oft zu schreiben. Als unser Zug am nächsten Morgen losfuhr , rollten mir dicke Tränen über die Wangen und mir fiel nichts ein, über was ich mich mit meinem Bruder auf der Rückfahrt hätte unterhalten können. So starrte ich ca.3 Stunden träumend aus dem

Zugfenster in die vorüberziehende Landschaft.

Das Leben ging weiter

In Freiberg angekommen kehrte der Alltag recht schnell wieder ein und es kam mir schon bald vor, als wenn dieses Erlebnis alles nur ein Traum oder ein Film gewesen sei. Schon bald schrieb ich ihr den ersten Brief und es dauerte nicht lange, bis ich ihren ersten Brief in meinen Händen hielt. Nach zwei oder drei Monaten wollte meine Mutter wissen, von wem ich da regelmäßig Briefe bekomme. So blieb mir nichts weiter übrig, als mein gut behütetes Geheimnis preiszugeben. Meine Mutter reagierte eher entsetzt, ich sei ja noch nicht mal ganz 16 und ich sollte mich lieber auf meine Schule konzentrieren. Der ganze Beziehungskram, dafür sei ich ja wohl noch zu jung und sollte mir noch einige Jahre Zeit lassen. Im darauffolgendem Jahr bat ich mehrmals meine Eltern, nochmal nach Ilfeld fahren zu dürfen.Meine Mutter stemmte sich jedoch vehement dagegen, sodass ich vermutete, dass sie mir wohl ihr eigenes Schicksal ersparen wollte. Wir schrieben uns weiter und hatten auch vor, uns in absehbarer Zeit treffen.

Endlich 16 und wild aufs Leben

Von den unbeschwerten Kindheitsjahren war viel verloren gegangen, meine Eltern fand ich zu streng, da sie über uns wie Adler wachten. Sie hatten offensichtlich große Angst, dass wir mit anderen Jugendlichen in Kontakt kommen, welche einen schlechten Einfluss auf uns ausüben würden. Auch das Thema „Mädchen" war meinen Eltern stets ein Dorn im Auge. Eines Tages reagierte meine Mutter entsetzt, als sie meinen besten Freund Alex mit einem Mädchen an der Hand in der Stadt umherschlendern sah.

Durch diese Überfürsorge fühlte ich mich überwacht und litt sehr darunter. Die Kommunikation zu Hause wurde zunehmend sparsamer, außer „Guten Morgen", „Guten Abend", „Wie war es in der Schule?" wurde nicht mehr all zu viel gesprochen. Wenn nach außen hin eine gewisse Form gewahrt werden konnte, waren meine Eltern zufrieden. Die Inhalte zogen sich langsam aber stetig zurück. Da sie ja jeden Samstag Tanzmusik machten, waren sie auch zwangsläufig mit vielen unschönen Dingen konfrontiert, die auf den Wochenendveranstaltungen gang und gäbe waren .War das der Grund Ihrer Besorgnis? Viele Jugendliche und auch Erwachsene kippten sich mit Alkohol zu, bis sie auf dem Boden lagen. Randale oder Massenschlägereien waren keine Seltenheit. Alkohol war zu der Zeit ein großes Problem. Auf eine der wenigen Feiern, auf die ich mit 17 durfte, brach auch eine Massenschlägerei aus. Die jungen Männer schnappten sich nur noch Stühle und zerschlugen sie auf dem Gegner zu Kleinholz. Der Alkohol enthemmte viele Männer dermaßen, dass auch Vergewaltigungen schon eher normal waren. Manchmal ging es schon sehr rau und ungehobelt zu. Auch ich bin als siebenjähriger Junge auf dem Heimweg von der Schule eines Tages von einem jungen Mann in eine alte Scheune entführt worden, dort hatte er mir die Hose ausgezogen und mich begrabscht. Damals traute ich mich nicht, meinen Eltern davon zu erzählen.

Im Alter von 16 wurde ich mehrfach in Situationen mit hineingezogen, die einfach nur hässlich und triebhaft waren. Durch meinen Schulfreund Alex wurde ich auf besondere Weise an das andere Geschlecht herangeführt. Alex war sicherlich einer der coolsten Typen in der Klasse, er hatte mit 16 schon einige Erfahrungen mit Mädchen gemacht und oft fuhr er mehrgleisig, sodass er 2 bis 3 Freundinnen an einem Nachmittag nacheinander mit seinen Liebesabsichten „bespaßte". Ihm ging es dabei nur um Spaß, Gefühle waren da nicht im Spiel. So machte er sich auch einen Spaß daraus, der „Dicken Berta" in der 10. Klasse Liebesbriefe zu schreiben. Berta war wohl nicht die Hellste und dann auch noch recht dick. Alex hatte oft sturmfreie Bude, da seine Eltern und seine ältere Schwester arbeiteten und oft spät nach Hause kamen. So bestellte er die Berta nachmittags zu sich nach Hause. Da wir ja oft unseren Spaß hatten und nachmittags durch die Stadt zogen, wollte er mich auch mal teilhaben lassen an seinen Späßchen, die er oft mit Mädchen trieb. So durfte ich mich im Wäscheschrank verstecken und wir machten ein Zeichen ab, wenn ich herauskommen sollte. Nachdem Berta klingelte, dauerte es vielleicht noch 20 Minuten, dann ertönte das abgemachte Zeichen und ich kam aus dem Schrank. Nun staunte ich nicht schlecht, Berta war splitternackt, mit einem Seil von den Füßen bis zu den Schultern umwickelt, sodass ihre Pölsterchen überall zwischen den Stricken herausquollen. Sie schwieg einfach nur, stand mitten im Raum und ansonsten keine Regung. Irgendwie war ich unsicher und irritiert, das war das erste Mal, dass ich ein nacktes Mädchen sah und es war kein schöner Anblick.

Spaß hatte ich mir irgendwie anders vorgestellt, ich war einfach nur unsicher und wusste nicht, wie ich reagieren sollte. Er meinte es gut und wollte mir etwas Besonderes bieten und weil er mein bester Freund war, konnte ich ihm meine Abneigung in dieser Situation auch nicht so richtig zeigen, denn ich spürte eine Abneigung und fühlte mich unwohl. Alex wickelte das Seil dann ab und brachte sie dazu, sich aufs Bett zu setzen. Er befummelte sie und ermutigte mich, doch mitzumachen , ich konnte nicht, da ich keinerlei Lustgefühle hatte, was ich empfand, war ein beklommenes Ekelgefühl. Da ich eher als Lustbremse aufgetreten bin, ließ er auch von ihr ab und sie zog sich dann wieder an und ging.

Am nächsten Tag in der Schule taten alle Beteiligten so, als wenn nie etwas gewesen wäre. Berta sprang auf seine Briefchen immer wieder an und Alex bot mir noch mehrfach an, zu diesen Verabredungen dazu kommen zu können.

Eines Tages, als wir wieder mal auf Tour durch die Stadt waren, entdeckten wir 2 Mädchen und für uns war klar: an die machen wir uns ran. Wir nahmen Verfolgung auf, sodass es richtig auffiel. Als wir dann 5 Meter hinter ihnen waren, sagte einer von uns: "Hey, wartet doch mal, was habt ihr vor, wohin wollt ihr." Sie schienen diese Anmache nicht blöd zu finden, jedenfalls gingen wir zusammen weiter und beschnüffelten uns. Für mich war spontan klar, dass nur eine von beiden für mich infrage käme, sie hieß Gundel, ihre Freundin gefiel mir nicht. Alex war wohl der gleichen Meinung wie ich und schon war die Situation etwas vertrackt. Gundel ergriff jedoch ziemlich schnell die Initiative und fragte, ob einer von uns ein Moped oder einen Motorroller hat, hier konnte ich voller Stolz sagen: „Ja, ich." Somit war klar, wer hier den Zuschlag bekam.

Es hatte sich also doch gelohnt, mein Rennrad zu verkaufen, welches ich mir von meinem Jugendweihe-Geld gekauft hatte und später gegen einen kleinen Java - Motorroller eingetauscht hatte. Von der ersten Anmache bis zur entscheidenden Frage "Willst du mit mir gehen" dauerte es keine Stunde. Das Gute dabei war auch noch, dass man über keinerlei Fachwissen verfügen, noch irgendwelche Anmache-Techniken beherrschen musste. Alles passierte so aus dem Bauch heraus und fühlte sich auch noch gut an. Gleich am nächsten Nachmittag kreuzte ich mit meinem Motorroller bei ihr auf. In Liebesdingen schien sie mir weit voraus zu sein, jedenfalls zeigte sie mir, wie man richtig küsst und wie sie mir verriet, hatte sie wohl auch schon Betterfahrungen mit Jungs. Sie war sehr verwundert darüber, dass ich um 22 Uhr zu Hause sein musste, bei ihr schaute offensichtlich niemand auf die Uhr. Schon nach ein paar Tagen lud uns ein Freund zu einer Party ein. In einer Schrebergarten-Hütte fanden wohl öfters Partys statt und vom Hören und Sagen ging es dort offensichtlich manchmal recht wild zu. Voller Neugier und Spannung, was uns dort erwarten wird, gingen wir hin und mischten uns unter die vielen Jugendlichen, alle im Alter zwischen 16 und 19. Klänge von den Rolling Stones bahnten sich ihren Weg durch den dichten Rauch, denn wer nicht rauchte, war schon irgendwie ein Außenseiter. In allen dunklen Ecken standen oder saßen knutschende Pärchen.

Es dauerte nicht lange, da saßen auch wir in einer dunklen Ecke und lümmelten uns auf einem die vielen alten Sofas rum. Mich quälte eine innere Unruhe, denn meine Eltern hatten mir Ausgang bis 22 Uhr genehmigt. Als es kurz vor 23 Uhr war, beichtete ich Gundel, dass ich jetzt leider gehen müsse, da mich sonst zu Hause ein riesen Stress erwartete. Es wollte in meinem Kopf nicht so recht rein, dass die vielen anderen Jugendlichen wohl offensichtlich mehr Freiheiten hatten. Innerlich zerrissen und reichlich beschissen fühlte ich mich, als ich die Fete gegen 23 Uhr verließ. Zu Hause Ärger, Stress und Moralpredigten, ich hatte die Schnauze voll und ärgerte mich über mich selbst, dass ich nicht einfach dageblieben war.

Am nächsten Tag in der Schule musste ich mir auch noch von Schulfreunden anhören, dass Gundel an diesem Abend wohl noch mehreren Typen Knutsch-Unterricht erteilt hat.

So schnell wie ich eine Freundin hatte, so schnell war ich sie auch schon wieder los, denn ich hatte keine Lust mehr, mich bei ihr zu melden. Abgesehen von gelegentlichen Partys, gab es eigentlich nur noch die typischen Tanzveranstaltungen jeden Samstag in den Dörfern, welche eine Anziehungskraft auf uns ausübten. Der Staat hatte nicht viel anzubieten, womit er Jugendliche erreichen und sie begeistern konnte. Sicherlich gab es Sportvereine und Freizeitgruppen der „Jungen Pioniere", vergleichbar mit den Pfadfindern in der BRD. In den Kreisen, in denen ich verkehrte, gab es jedoch nur wenige, die sich davon begeistern ließen. Was da aus dem Westen herüberschwappte, hatte allemal mehr Verführungskraft. Ganz am Rande gab es noch von Kirchengemeinden vereinzelt Angebote für Jugendliche. Die Kirche spielte in der DDR aber keine große Rolle, sie wurde zwar geduldet, hatte jedoch kein Gewicht. Unsere Eltern hatten durch die Kriegserlebnisse sowieso den Glauben an Gott verloren. Wer das Wort „Gott" aussprach, wurde schon eher komisch angesehen. Die DDR stand für die Befreiung vom Christentum, die Führungselite tat alles daran, dem Volk einen neuen Glauben einzutrichtern, die Lehre vom Marxismus und Leninismus. Obwohl ich als Jugendlicher nicht an Gott glaubte, war mir doch wohl bewusst, dass es eine Kraft gibt, die alles erschaffen hatte, nur mit dem Wort „Gott" konnte ich eigentlich nichts anfangen. Einen ganz natürlichen Respekt vor den von dieser Schöpferkraft geschaffenen Dingen entwickelte ich mit der Zeit von innen heraus, das hatte jedoch keineswegs etwas mit der Kirche zu tun.

Die GST, das war die Gesellschaft für Sport und Technik, war der einzige Verein, der mich interessierte, genauer gesagt, es war die Sparte Segelflug. Als ich 14 war, meldete ich mich dort an. Ein weiterer Schüler meiner Klasse und ich, wir waren die Jüngsten im Verein. Alle anderen waren zwischen 16 und 28. Da gab es nur junge Männer. Mädchen oder Frauen schien diese Sportart nicht zu interessieren. Schon bald stellte ich fest, dass es zwar um Fliegerei ging, aber mindestens ebenso wichtig waren die Kneipentouren, die nach jedem Treffen, sei es Flugtage oder Arbeitsdienste, stattfanden. Aufgrund meines Alters fühlte ich mich da die ersten beiden Jahre immer außen vor, staunte jedoch nicht schlecht, was die alten Hasen immer für Gesprächsthemen hatten. Für den harten Kern, das waren ca.10 Jugendliche im Alter zwischen 16 und 19 gab es eigentlich nur ein Thema, sie tauschten sich über die wilden Erlebnisse mit Mädchen aus. Wer hat mit wem und auf welcher Party ist es passiert.

Als ich 16 war bin ich das erste Mal mit in eine Kneipe und erfuhr mehr über dieses wilde Treiben. Mein erster Eindruck war, dass alle gegenseitig prahlten und damit angaben, welche Mädchen sie schon alle in der Kiste hatten. Es schien da auch kreuz und quer zu gehen, sodass ich mir wie ein unbeschriebenes Blatt vorkam. An mir ging offensichtlich vieles vorbei. So konnte ich auch miterleben, wie sich einige Vereinsmitglieder unterein-ander die Freundin verkauften. "Wenn du mir 50 Mark gibst, kannst du meine Alte haben", hieß es dann. Als ich

17 wurde näherte sich das Ende meiner Schulzeit und ich trat aus dem Verein wieder aus.

Das Drama der Berufsentscheidung

In den letzten Monaten vor meinem Schulabschluss der 10. Klasse (Polytechnische Oberschule) bekamen wir eines Tages eine Liste in die Hand gedrückt, auf der ca. 30 - 40 Berufsausbildungsmöglichkeiten aufgelistet waren. Binnen einer Frist von 8 Wochen sollte sich jeder entschieden haben, welchen Beruf er /sie erlernen möchte. Es gab Ausbildungsmöglichkeiten zum Bäcker, Maler, Dreher, Feinmechaniker, Maurer, Buchhalter oder Autoschlosser, was ich aber vergeblich suchte war KFZ-Designer. Meine Eltern bemühten sich, mir klar zu machen, dass es diesen Beruf in der DDR wohl nicht gibt. Es gab nur die Modelle Wartburg und Trabant und diese Modelle wurden alle 10 Jahre einmal optisch erneuert.

Erfolgreich schafften es meine Eltern, mir diesen Berufswunsch aus dem Kopf zu schlagen, nun suchte ich Alternativen, fand sie aber nicht, es stand nicht ein Beruf auf der Liste, bei dem ich innerlich hätte eine Begeisterung spüren können. Über diesen Umstand war ich sichtlich enttäuscht und als Alternative konnte ich mir höchstens Berufsmusiker vorstellen. „Schlag dir das bitte aus dem Kopf" erwiderten meine Eltern eindringlich. Sie hatten nichts gegen Musik, sie waren ja selbst Musiker, aber bitteschön nur nebenberuflich. In dem Sinne versuchten sie mich zu überzeugen. Außerdem bräuchte ich dafür Abitur, welches ich nicht hatte, denn man konnte diesen Beruf nur am staatlichen Musik-Konservatorium erlernen. So wurde mir auch diese Idee mit Erfolg ausgeredet und ich entschied mich zähneknirschend für einen Beruf aus der Liste. Betonfacharbeiter mit Abitur, 3 Jahre Lehrzeit. Meine Eltern machten sich dafür stark, dass ich diese Ausbildung machen sollte, da ich damit später Architekt werden könne und dann könnte ich auch meine Kreativität ausleben, so sah es ihr Plan vor. Es kam der Moment, da war es mir nur noch egal, ich ließ mich darauf halbherzig ein und dachte, einfach mal sehen, ob ich damit zurechtkomme. Somit fiel die Entscheidung: Betonfacharbeiter mit Abitur in Karl-Marx-Stadt, eine Internatsausbildung.

Meine erste Band

Im letzten Schulhalbjahr der 10. Klasse wollte ich unbedingt noch eine Band gründen, um dann auf der Abschlussfete, oder besser gesagt Schulfeier mit dieser Band spielen zu können. Nachdem ich herumfragte und Mitmusiker suchte, kristallisierte sich schnell eine Truppe von 5 Freunden heraus, die auch Lust hatten, eine Band zu gründen. Musikalisch waren wir alle noch grotten-schlecht, jedoch hatten wir Lust und waren hoch moti-viert. Schon bald fanden wir einen Übungsraum, den

wir wöchentlich für 4 Stunden benutzen durften und mein
erster Titel, den ich sang war „The ballade of John and
Yoko" von John Lennon. Mein zweiter Titel war „Lola"
von den Kinks. Englisch sprach von uns keiner, denn wir
hatten ja Russisch als Fremdsprache.
 Mein Vater hatte mir ein altes Tonbandgerät besorgt,
damit nahmen wir die Titel im Radio auf und hatten Wort
für Wort die Texte so herausgeschrieben, wie wir sie
gehört hatten, ohne zu verstehen, was da gesungen wurde,
das las sich dann so: "ju ar mei best frend". Es machte
uns Spaß und wir hatten ja auch schon ein festes Ziel,
nämlich auf dem Abschlussfest unserer Abschlussklasse
zu spielen. Zu diesem Zeitpunkt hatten wir weder
Gitarrenverstärker noch eine Gesangsanlage. Von meinem
Vater bekam ich dann eine alte Hawaii-Gitarre, welche
ich auf normale Gitarrenstimmung umstimmte und einen
von ihm selbst gebauten 2 Watt - Röhrenverstärker.
Rainer, unser Bassist, stöpselte seinen Bass auch noch mit
in diesen Verstärker. Es gehört nicht viel Fantasie dazu,
um sich vorzustellen, was dort für ein Soundmatsch
herauskam. Rüdiger, unser Schlagzeuger, war ein echt
verrückter Vogel. Er wohnte mit seinen Eltern im dritten
Stock eines Mehrfamilienhauses. Dort schloss er sich
regelmäßig in seinem Zimmer ein und übte, was das Zeug
hielt. Seine Eltern klopften vergeblich an der Tür und die
Nachbarn, Unter- und Obermieter klopften mit Besen-
stielen vergeblich an Decke und Boden. Unbeirrt
trommelte Rüdiger und als er fertig war und die Tür
aufschloss, brüllten ihn seine Eltern an und er brüllte

zurück.

Bald fanden wir einen besseren Proberaum, nämlich eine kleine Gartenlaube in einem Schrebergarten-Gebiet. Dort probten wir dann 2 Mal wöchentlich in der Winterzeit 1969. Rainer, unser Bassist, hatte einen Onkel, der hatte uns diese Hütte zur Verfügung gestellt. Manchmal kamen wir nach 8 Km Busfahrt dort an, da war alles tief verschneit , sodass wir uns erst mal den Weg von der Straße bis zur Hütte bahnen mussten. In der Hütte angekommen, alles klamm und lausige Kälte. Wir heizten den kleinen Kohleofen an und nach 45 Minuten war es dann langsam auszuhalten und wir fingen an zu üben. Mit dem unverstärkten Gesang mussten wir gegen das Schlagzeug und den Gitarren-Soundmatsch ankämpfen. Auf diese Weise übten wir Songs von den Beatles, Rolling Stones, Kinks, Yardbirds u.s.w. So waren also unsere blutigen Anfänge und alle träumten wir davon, irgendwann auf großen Bühnen zu stehen. Nach so mancher Probe sind wir die 8 Km auf zugeschneiter Straße nach Hause gelaufen, da wir den letzten Bus verpasst hatten. Um die Kälte nicht so zu spüren, lenkten wir uns ab, indem wir folgendes Lied gemeinsam sangen: Hinter 1,2,3,4,5,6,7 Bergen , bei den 1,2,3,4,5,6,7 Zwergen, ist die Arbeit für uns aus, gehen wir vergnügt nach Haus , 1,2,3...4,5,6, sie...ben - aus.

Ca. 50 Mal die gleiche Strophe, da kam uns der Heimweg nicht so lang vor, wir waren beschäftigt und hatten kindlichen Spaß.

So langsam wurde es Frühjahr, dann Sommer und

tatsächlich hatten wir es geschafft, ein einstündiges Programm zu erarbeiten. Am besagten Termin der Abschlussfete der Klasse 10 war es endlich soweit, unser erster Auftritt. Mein Vater hatte uns eine Verstärkeranlage für den Gesang geliehen. Das ganze Equipment hatten wir mit dem Handwagen zu Fuß zur Schulaula geschleppt. Dann kam der große Moment, die Lehrer standen mit verschränkten Armen da und mir schien, als wenn sie nicht so recht wüssten, was sie davon halten sollten. Voller Begeisterung spielten wir unsere Stücke und glaubten, dass wir uns besonders bei den Mädchen besondere Bonuspunkte erarbeitet hätten. Wir genossen die Aufmerksamkeit unserer Mitschüler und fühlten uns an diesem Abend wie Helden. Viel Lob und Beifall gab es von den Mitschülern, die Lehrer hielten sich pädagogisch, taktisch in ihren Äußerungen eher zurück. Dieses war unser erster und gleichzeitig auch schon der letzte Auftritt mit dieser Truppe. Die Schulzeit war zu Ende, alle fingen eine Lehre an und ich ging nach Karl-Marx-Stadt ins Internat, um mit der Ausbildung zu beginnen.

Meine Lehre in Karl-Marx-Stadt

Im August 1969 zog ich ins Internat ein. 4 andere Jungen
und ich, wir teilten uns ein Zimmer. Das Zimmer war
eingerichtet mit Metall-Doppelstock-Betten, einem Tisch,
5 Stühlen und 6 Metallspinden, das war alles, hässlich,
öde, langweilig. Ziemlich strenge Hausordnung, Ausgang
bis pünktlich um 22 Uhr. Wer später kam, musste die
Heimaufsicht rausklingeln, was Strafdienste, Ausgehver-
bot und einen schriftlichen Verweis zur Folge hatte, also
versuchten wir uns daran zu halten. Meine Gitarre hatte
ich selbstverständlich auch immer dabei und übte jede
freie Minute, wenn die anderen gerade nicht im Raum
waren.

Meine neue Band

Am Wochenende fuhr ich ja immer nach Hause und hatte
fast jeden Samstag einen Auftritt mit meiner neuen Band
im Großraum Freiberg in irgendeinem Dorf. Discotheken
waren noch so gut wie unbekannt und fast jeder Dorfgast-
hof lud immer samstags zum Tanz ein. So gab es doch
recht viele Bands, die auch jeden Samstag ihren Job
hatten. Den Job in dieser Tanzband hatte mir mein
Vater organisiert, zunächst nur zur Aushilfe, weil der
Gitarrist zur Kur war. Da ich aber viele neue Ideen,
Stücke und frischen Wind in die etwas angestaubte Band

brachte, boten sie mir danach an, fest einzusteigen. Es gab jede Menge Titel, die ich unbedingt spielen oder singen wollte, wie Hey Joe von Jimi Hendrix oder auch Stücke von Creedence Clearwater Revival oder Ten Years After. Als ich zum ersten Mal Jimi Hendrix hörte, war ich sofort begeistert. Was der auf der Gitarre spielte trat sofort in eine Art innere Resonanz mit meinem Gefühlsleben. Er war auf der Gitarre mein Vorbild, so wollte ich auch spielen können. Manchmal übte ich 3-4 Stunden, übte die Solos exakt nach, auch das Gitarrensolo von Hey Joe mit den Zähnen gespielt, kopierte ich von Jimi Hendrix und spielte es dann so auf der Bühne . Sonst war ich ja immer ziemlich schüchtern und sagte oft nicht viel, auf der Bühne taute ich aber meistens auf und kam aus meinem Schneckenhäuschen heraus. Da man in der DDR zu dieser Zeit nur ein Gitarrenverstärker-Modell kaufen konnte, welches ich mir jedoch nicht leisten konnte, bat ich meinen Vater, ob er mir nicht einen Gitarrenverstärker bauen könne. Den Schaltplan für einen 25 Watt Röhren - verstärker entwarf er selbst und es dauerte keine zwei Wochen, da hatte ich meinen Verstärker, ein unschein- barer Blechkasten, dieser hatte es jedoch in sich. Ein Sound, ich war begeistert, eine Verzerrung, absolut super. Es dauerte nicht lange, da legte ich Solos hin, da hörten die Leute auf zu tanzen und versammelten sich vor der Bühne und jubelten. Solche Momente gaben mir Kraft und Motivation und ich träumte davon, auf großen Bühnen stehen zu wollen.

Das öde Internatsleben

Am Abend nach der Schule oder nach der Arbeit suchten wir immer mal wieder diverse Kneipen auf., Wir waren alle 17 Jahre alt und konnten ohne Probleme Bier bestellen, soviel wir wollten. Das Bier kostete damals 40 Pfennige und es gab Abende, da hatten wir ziemlich viel davon in uns reingeschüttet, sodass wir dann auf dem Heimweg manchmal auf ziemlich destruktive Gedanken kamen und Spaß daran hatten, Schaden anzurichten. So leerten wir volle Ascheneimer vor den Wohnungsein-gängen aus oder wir trugen zu sechst einen Trabant von einem Parkstreifen mitten auf die Straße. Als wir dann bei der Nachtwache klingelten, weil wir viel zu spät waren, hatten wir mit unseren Schals unsere Gesichter verhüllt und die Tür schnell aufgeschlagen, als der Pförtner sie aufschloss. Dann sind wir in Windeseile mit voller Montur samt Schuhwerk in die Betten gesprungen und taten so, als ob wir schliefen. Der Aufseher sichtlich verärgert und aggressiv, riss alle Türen auf und zog allen die Bettdecke weg, somit hatte er uns alle sechs erwischt. Darüber wurden selbstverständlich unsere Eltern in Kenntnis gesetzt und entsprechende Strafmaßnahmen eingeleitet.

Die Zeit ging dahin, das zweite Lehrjahr hatte begonnen und ich wurde zunehmend schlechter in der Schule, verlor die Lust und es gab Fächer, wie Mathematik, da hatte ich schon völlig den Faden verloren. So schleppte ich mich nur noch von Tag zu Tag und litt, versuchte mich abzulenken, indem ich manchmal 3 Stunden Gitarre übte und freute mich auf das nächste Wochenende.

Die innerliche Not stieg unaufhaltsam. In der Mitte des zweiten Lehrjahrs wurde mir klar, ich werde das nicht schaffen. Das war nicht mein Beruf, nicht mein Weg. Wie sollte ich das nur meinen Eltern erklären? Die würden ausrasten. Es schnürte mir regelrecht den Hals zu, es musste etwas passieren . Im Januar 1971 fasste ich letztlich den Entschluss, die DDR verlassen zu wollen.

Der alles entscheidende Beschluss

Es war mein fester Wille , ich musste , ich wollte es schaffen. Was im ersten Moment noch ein Gedankenspiel war, verdichtete sich von Tag zu Tag mehr zu einem festen Entschluss. Noch bevor das Ausbildungsjahr zu Ende war und ich meinen Eltern das katastrophal schlechte Zeugnis hätte präsentieren müssen, wollte ich weg sein. 4 - 5 Monate sollten wohl reichen, um alles gründlich vorzubereiten und zu organisieren. Als ich den Beschluss gefasst hatte, ging es mir langsam wieder besser, ich hatte ein Ziel, eine Vision und alles was ich tat, tat ich nur noch im Dienste dieser Vision. So meldete ich mich bei meinem Freund Jochen, der hatte immer gute Beziehungen und handelte mit allen möglichen Dingen, die man offiziell nicht bekam. Egal ob Jagdmesser, Schreckschusswaffe oder Armee-Kleidung, Jochen

konnte alles besorgen .Er besorgte mir eine Militär-
Tarnjacke der Volksarmee. Die trugen manche Jugendliche auch so auf der Straße, das war Szenekleidung.
Außerdem besorgte er mir einen Kompass und eine
Landkarte. Diese studierte ich ausführlich, denn ich
musste mich ja entscheiden, wo es passieren sollte.
Im Norden, im Süden, in der Mitte, über die Elbe ? So
stellte ich Kriterien auf, es sollte möglichst bergiges
Gelände sein, unübersichtlich, stark bewaldet. Es dauerte
nicht lange, da hatte ich auch schon die richtige Idee,
welches Gebiet all diese Kriterien erfüllte. Wie so oft
fragte ich mich, war es Zufall oder Bestimmung, Teil
eines mir nicht bekannten Plans, der für mich vorgesehen
war auf diesem Planeten . Denn ich war mir spontan
sicher, es kann nur einen Ort geben, von dem aus ich die
Operation Freiheit starten konnte. Ilfeld, der Ort an dem
ich vor zwei und einem halben Jahr meine erste große
Liebe fand. Wir hatten uns leider nie wieder gesehen,
aber immerhin über 2 Jahre regelmäßig geschrieben. Als
ich den Entschluss gefällt hatte, die DDR zu verlassen,
war es mir plötzlich nicht mehr wichtig, sie noch treffen
zu wollen. Die aktuellen Ereignisse zwangen mich, das
alles zu verdrängen. Ausgerechnet meine Mutter hatte
mich damals an dieses grenznahe Gebiet geschickt. Wenn
man so will, hat sie auf ihre Art so auf mein Schicksal
Einfluss genommen. Damals sind wir ja viel wandern
gewesen, wir wanderten auch von Ilfeld die Landstraße
Richtung Sülzhayn, da kamen wir an einem Schlagbaum
mit einem Schild, auf welchem stand: „Halt, hier Grenz-

Sperrgebiet der Deutschen Demokratischen Republik. Betreten nur mit gültigem Passierschein erlaubt." Dort sind wir wieder umgedreht. An diese Straße konnte ich mich jedoch noch gut erinnern. Diese Straße dann einfach weiterfahren, das wäre auf jeden Fall schon einmal eine gute Startbasis. Der nächste Schritt war, mir auszumalen, wie die Grenze wohl aussieht. Sind da Wachtürme, Selbstschussanlagen oder Minen? Wie viele Zäune gilt es zu überwinden, wie sind sie gesichert, wie hoch sind sie? In der Fantasie konnte ich mir alles ausmalen, keines dieser Gedankenbilder half mir jedoch weiter. Auf die Frage, wie sieht es dort vor Ort aus, hätte mir wohl kein Mensch eine Antwort geben können. An solche Infos kam man absolut nicht heran. Diejenigen, die an der Grenze gedient hatten, waren zu Stillschweigen verdonnert, wer redete, dem drohten viele Jahre Zuchthaus. Für mich gab es deshalb nur eine Option, hinfahren, vor Ort die Lage ausspionieren und spontan die Entscheidung fällen, was zu tun sei.

Ich weihte niemanden ein, nicht meine besten Freunde, Mitmusiker oder auch meinen kleinen Bruder Lars. Lars wäre sicherlich sofort mitgekommen, aber der Gedanke, dass er auf eine Mine treten könnte, die Beine verlieren würde und ich hilflos daneben stehen würde, verbot es mir, auch nur ein Wörtchen darüber zu reden. Würde er erschossen werden und ich wäre verantwortlich, weil ich ihn überredet hätte, deshalb ein klares Nein! Das Ding musste ich alleine durchziehen. Würde man mich er- wischen, dann hätte ich eben Pech gehabt. Du kannst da nur rüber, wenn du den unbeirrbaren Glauben und Willen hast und nur nach vorne schaust, davon war ich felsenfest überzeugt, also hörte ich auch bald auf, mir Gedanken zu machen, was wäre, wenn ich auf eine Mine treten würde, oder wenn man mich erschießen würde. Letzterer Gedanke würde mich dann sowieso nicht mehr belasten. Ab diesem Moment galt nur noch: "Ich werde es schaffen, Schluss aus! Das half mir die Angst zu besiegen und ich konnte mich weiter mit den Vorbereitungen beschäftigen. Zwischendurch hatte ich sogar mal die Idee, die Todeszone auf Stelzen zu durchlaufen. Eine Stelze hat ca. 10x weniger Auftrittsfläche als eine Schuhsohle, also wäre die Chance 10 Mal größer, nicht in die Luft zu fliegen. So baute ich mir Stelzen und übte heimlich das Stelzenlaufen. Die Dinger waren aber groß und unhand-lich. Sollte ich sie 15 km zu Fuß mit durch den Wald schleppen? Diese hätte ich ja auch noch mit dem Motorrad mit nach Ilfeld transportieren müssen, also verwarf ich diesen Gedanken wieder. Am Montag, den 24. 05. 1971 sollte es passieren, diesen Termin hatte ich mir fest mit einem „X" in den Kalender eingetragen.

Die Zeit rückte langsam näher und ich hatte alles zu-sammen, was ich mitnehmen wollte. Lederhandschuhe, Drahtschere, ein Lasso, 4 Meter lang, Kompass, Streichhölzer, Tarnjacke, festes Schuhwerk und eine Landkarte. 2 Wochen vor dem Termin übte ich eine Nachtwanderung querfeldein durch den Wald. Viel mehr konnte ich nicht tun, ich war bereit. Am Vorabend hatte ich schon all meine Sachen in den Rucksack verstaut, die

Schulsachen hatte ich vorher rausgenommen und versteckt.

An diesem Abend versuchte ich so natürlich wie möglich zu sein, selbst meine Mutter schien nichts bemerkt zu haben, mein jüngerer Bruder, mit dem ich ja das Zimmer teilte, ebenso wenig. Viele Gedanken kreisten mir an diesem Abend noch durch den Kopf, jetzt hieß es Abschied nehmen, so schaute ich nochmal ins Elternschlafzimmer, in dem auch meine kleine Schwester Ilona schlief. Sie war damals zwei und einhalb. Ich streichelte ihr nochmal über den Kopf und musste die Tränen zurückhalten. Sie war ein süßer Fratz, wir hatte oft zusammen gespielt, sie würde nach einigen Tagen sicherlich die Mama fragen: "Wo ist Harald, warum kommt der nicht mehr?" Wenn du groß bist, werden wir uns irgendwann wiedersehen, waren meine Gedanken, so sagte ich „Gute Nacht, schlaf schön" und schloss die Tür. Am nächsten Morgen sagte ich nur noch zu meiner Mutter: "Tschüß, bis nächste Woche" und schloss die Tür hinter mir. Normalerweise fuhr ich immer mit dem Zug nach Karl-Marx-Stadt, so hatte ich schon die Befürchtung, dass sie nachfragen würde, warum ich mit dem Motorrad fahren wollte. Sie nahm es jedoch so hin, als ich sagte: „Das Wetter ist so gut, ich werde mit dem Motorrad fahren." Sie ahnte nichts und mein Vater hatte schon eher die Wohnung verlassen, so bestieg ich meine alte MZ 250 und fuhr ca. 3 Stunden Richtung Nordhausen hinein ins größte Abenteuer meines Lebens.

Die Operation „Freiheit" begann

Konzentriert und entschlossen fuhr ich Richtung
Nordhausen, eigentlich auch ganz entspannt und nicht
etwas rasend, denn ich wollte ja keinesfalls noch
irgendwas riskieren oder im Verkehr auffallen.
Gedanklich hielt ich noch mal Rückschau, auch prüfte
ich nochmal, ob ich auch wirklich an alles gedacht hatte.
Ja, es war alles gut und richtig, sagte mein Bauchgefühl,
das Wetter schien auch auf meiner Seite zu sein. Es war
ein typischer Maitag ‚leicht bewölkt und schon recht mild.
Gedanklich liefen mir die letzten 10 - 12 Jahre noch mal
wie in einem Film ab, es war immerhin der Abschluss
eines langen Lebensabschnittes. Sicherlich hatte ich viele
schöne Dinge erlebt und ich spürte auch eine Heimatver-
bundenheit und Familiensicherheit, doch der Drang nach
Freiheit war stärker als die Erinnerungen an alles Schöne
und Vertraute.
Gegen 11 Uhr kam ich in Ilfeld an und ich stellte mein
Motorrad auf den kleinen Marktplatz mitten im Ort ab.
Da ich ja noch viel Zeit hatte, schlenderte ich wie ein
Tourist durch die Kleinstadt, in der es viele Fachwerk-
häuser gab , über deren Dächer die bewaldeten Hügel des
Harzes im Hintergrund emporragten . Erinnerungen
wurden wieder wach, drei Jahre waren inzwischen
vergangen, dass ich hier war und ich versuchte alles
wiederzuerkennen, was ich damals bereits entdeckt hatte.
Direkt an der Hauptstraße lag es auch schon, das
Fachwerkhaus, vor dem ich mich so sehr in Beate

verliebte, direkt gegenüber dem Gewerkschaftsheim. Innerhalb von 3 Stunden lief ich 3 Mal an diesem Haus vorbei, alle Erinnerungen kamen wieder hoch, doch die Zeit hatte mich verändert, die Erlebnisse der letzten beiden Jahre warfen eher dunkle Schatten über meinen Seelenzustand, zu belastend waren die Ereignisse und ich spürte regelrecht eine Schlinge um meinen Hals. Trotzdem gab es den Moment, in dem ich schwankte und mit dem Gedanken spielte, zu klingeln. „Nein, ich darf jetzt nicht schwach werden" redete ich mir entschlossen zu, mein Auftrag war in diesem Moment ein anderer, so ging ich weiter spazieren und versuchte mich abzulenken. Der Nachmittag war unendlich lang und ich fragte mich, ob mein Ausbilder in Karl-Marx-Stadt schon irgendwelche Schritte unternommen haben könnte, da ich ja nicht zur Arbeit erschienen bin. Ja und wenn auch, so leicht würde man mich ja nicht finden können, denn wer vermutete mich schon hier im Harz. Langsam wurde es Abend und meine innerliche Spannung stieg spürbar an. Abschiedsgedanken kreisten in meinem Kopf und mir war bewusst, dass es etwas Besonderes war, hier als Träger eines großen Geheimnisses durch Ilfeld zu laufen. So gegen 20 Uhr betrat ich ein Bierlokal, ich wollte noch 1-2 Wasser oder Limonade trinken. Nach Bier war mir nicht, ich wollte ja einen klaren Kopf behalten. Die Kneipe war voll, vorwiegend junge Leute, viele rauchten, es war dicker Nebel im Lokal. Die Leute schienen alle so mit sich selbst beschäftigt gewesen zu sein, dass keiner meine Anwesenheit so richtig wahrnahm. Über eine

Stunde saß ich schweigend am Tisch, trank mein Wasser und beobachtete das Treiben. Mein Plan war es, bei Anbruch der Dunkelheit, so gegen 22 Uhr zu starten. Die ganze Nacht sollte es durchgehen, zu Fuß querfeldein genau nach Kompass, Kurs Nord-West. Es war mir nicht gelungen, eine detaillierte Wanderkarte von diesem Gebiet zu organisieren, deshalb musste ich mit einer normalen Straßenkarte vorlieb nehmen , auf der keine Wanderwege und Bäche eingezeichnet waren. Wenn ich jedoch konsequent den Kurs Nord-West einhalten würde, müsste ich eigentlich genau auf Sülzhayn stoßen und in der weiteren Verlängerung auf Zorge, was bereits in der BRD lag. Grob gerechnet würde das einen Fußmarsch von ca. 15 Km ergeben. So rechnete ich mir aus, dass ich eigentlich in 7 Stunden den Grenzzaun erreichen müsste, das wäre morgens so gegen 5 Uhr.

Kurz vor 22 Uhr bezahlte ich meine Rechnung, verließ das Lokal, ging zum Motorrad und fuhr zum Ortsausgang, Richtung Sülzhayn, die Straße hinein, auf der ich damals schon mal spazieren ging. Bis zum Schlagbaum wollte ich selbstverständlich nicht fahren, etwas mulmig war mir außerdem, was wäre, wenn jetzt plötzlich eine Kontrolle käme, das wäre das Ende meiner Mission. Nachdem ich diese Straße ca. 2 km entlang fuhr, begann der Wald. Den nächstmöglichen Waldweg, der von der Straße rechts ab ging, fuhr ich hinein, nach ca. 50 Metern stoppte ich den Motor und machte das Licht aus. Es war schon recht finster, viel konnte ich nicht mehr erkennen. Rechts neben dem Waldweg war ein Graben, dort legte ich mein

Motorrad rein, dann suchte ich einige Tannenzweige und deckte das Motorrad ab, so gut es ging.

Bei Tage hätte man das Motorrad natürlich sofort entdeckt, es war jedoch mein Plan, gegen 6 Uhr schon über die Grenze zu sein, deshalb wollte ich keine Zeit verlieren und verzichtete darauf, das Motorrad absolut unsichtbar zu verstecken. Meinen Rucksack hatte ich auch am Motorrad zurückgelassen, da ich kein unnötiges Gewicht schleppen wollte. Das Seil, den Kompass, die Karte, 2 belegte Brote, meine ganzen Ersparnisse, das waren 160 Ostmark, einige Briefe, die Zange, all das passte so in die vielen Taschen meiner Tarnjacke. Die Kompassnadel zeigte mir, dass ich den Weg nach links verlassen musste, ab jetzt hieß es querfeldein mitten durch den Wald.

Der Weg ins Ungewisse

Von nun an war es stockdunkel, es ging leicht bergauf, der Wald bestand aus hochgewachsenen Fichten oder Kiefern und mit vorgestreckten Armen tastete ich mich Schritt für Schritt durch die Dunkelheit. Gelegentlich vernahm ich das Rufen eines Kauzes, mein Gehör nahm plötzlich Geräusche wahr, denen ich unter normalen Umständen sicherlich keinerlei Beachtung geschenkt hätte. Die Hände hatte ich stets vorne, ungefähr 50 cm vor dem Gesicht ausgestreckt. Dadurch konnte ich

Hindernisse, wie etwa spitze Äste, ertasten. Ebenso vorsichtig schritt ich mit den Füßen am Waldboden entlang, gelegentlich stieß ich gegen Steine , abgebrochene Äste oder ich traf auf umgekippte Bäume. Mit der Zeit wurde es immer hügeliger, mal ging es gefühlte 200 Meter aufwärts, dann wieder gefühlte 200 Meter bergab . Noch war ich ja nicht mal im Grenzsperrgebiet. Das Grenzsperrgebiet war eine ca. 5 km breite Zone noch vor dem eigentlichen Grenzzaun. In dieser Zone waren auch Dörfer und Ortschaften, jedoch hatten alle Bewohner, die in dieser Zone lebten, eine Sondergenehmigung stets bei sich zu führen. Auch Besucher mussten eine Genehmigung beantragen, um Freunde oder Verwandte in diesen Gebieten besuchen zu können. Das langsame Vortasten war äußerst anstrengend, außerdem forderte es meine ganze Konzentration und kostete mich sehr viel Zeit. Zwischendurch zündete ich immer mal wieder ein Streichholz an , um einen Blick auf meine Kompassnadel zu werfen.

Meine Sinne waren aufs Äußerste gespannt, denn ich vernahm jedes Knacken und jedes Geräusch mit gesteigerter Intensität. Irgendwann traute ich mich nicht mehr Streichhölzer anzuzünden, hatte Angst, man könnte mich entdecken. So versuchte ich mich auch etwas an den Sternen zu orientieren, sofern die Wolkendecke sich lichtete und die Sicht frei gab. Schon ca. 5 Stunden war ich unterwegs, als ich auf eine große Waldlichtung stieß. Der Boden war mit hohem Gras bedeckt, die Kompassnadel konnte ich leicht erkennen und diese zeigte an, dass ich quer durch die Lichtung musste, bis ca. 80 Meter dahinter der Wald wieder anfing. Ein merkwürdiges Geräusch ließ mich aufschrecken, ich hielt den Atem an. Nochmals dieses Geräusch, es war ein Grunzen, fast so, als wenn jemand schnarchen würde. Geschätzte 6 -10 Meter von mir entfernt waren diese Geräusche. Noch 4 - 5 Mal vernahm ich diese Geräusche, nun kamen sie aus verschiedenen Richtungen. Mein Herzschlag pochte bis zum Hals, was konnte das wohl sein? Nachdem ich eine Minute wie unter Schockstarre innehielt, kam mir der Gedanke, dass es eine Rotte Wildschweine sein könnte, die hier im hohen Gras übernachteten. Im Zeitlupentempo ,noch leiser, als eine Katze zu schleichen vermag, schritt ich rückwärts und traute mich nicht, den Körper zu wenden, um wieder vorwärts gehen zu können. Diese ca. 20 Schritte kosteten mich ca. 15 - 20 Minuten Zeit. Erleichterung! Ich war wieder im Wald und beschloss, einen großen Bogen um die Lichtung herum zu machen. Es musste schon so gegen 4 Uhr gewesen sein, als ich plötzlich auf einen 2 Meter hohen Weidezaun stieß. Den Maschenabstand schätzte ich auf 20 cm. Aller 50 Meter waren dort Schilder angebracht, auf denen stand: „Grenz-Sperrgebiet der Deutschen Demokratischen Republik, betreten verboten" . Auch du Scheiße, waren meine ersten Gedanken in diesem Moment. Schon 4 Uhr morgens, es dämmerte und erst jetzt begann die 5 km breite Sperrzone. Laut meiner Karte musste ich ja bei Sülzhayn noch ein Flüsschen überqueren, von diesem Flüsschen war weit und breit noch nichts zu sehen, so wurde mir langsam klar, dass ich noch nicht mal auf der Höhe von Sülzhayn war. Das versetzte mich etwas in Panik, weil mein Zeitplan absolut nicht einzuhalten war. Ab hier waren es mindestens 5 - 6 km Luftlinie bis zur Grenze, da bräuchte ich nochmal 2 - 3 Stunden. Dieses langsame Tasten durch den dunklen Wald hatte meinen Zeitplanvöllig durcheinander gebracht. Schnell kroch ich durch die Maschen des Zaunes und legte einen deutlichen Zahn zu, ab jetzt war Schluss mit der Schleicherei. Etwas geduckt, jedoch immer sehr wachsam , ging ich zügig weiter und war sichtlich erleichtert, dass ich wieder etwas sehen konnte. Um 6 Uhr morgens, es war inzwischen taghell, da vernahm ich in der Ferne Zivilisationsgeräusche .Ein Hahn krähte und ich meinte auch einen Lastwagen gehört zu haben. Die Geräusche kamen langsam näher, ich blieb immer genau auf Kurs. Das könnte nur Sülzhayn sein, wenn ja, dann läge ich ja genau auf der richtigen Kurslinie.

Nachdem ich ca. 200 Meter einen Berg hinab gegangen war, sah ich unten im Tal eine Landstraße und ein Ortseingangsschild. Langsam schlich ich mich soweit ran, bis ich das Schild lesen konnte: Sülzhayn. Sichtlich erleichtert, dass mein Kurs zu 100 - prozentig richtig war, aber auch reichlich beunruhigt, dass ich viele Stunden zeitlich in Verzug war, schlich ich mich direkt bis an die Landstraße heran, diese musste ich überqueren und danach noch eine 40 - 50 Meter breite Wiese, bis der Wald wieder begann. Im Schutz des Waldes harrte ich einige Minuten aus, um mir sicherzugehen, dass kein Mensch in der Nähe ist. In der Zeit des Wartens passierte nicht ein Fahrzeug die Straße. Jetzt hieß es los, nicht lange überlegen, ich überquerte ich die Straße, rannte recht schnell über die Wiese, um mich im Schutz des Waldes wieder sicher fühlen zu können. Direkt am Waldrand stand ich vor dem besagten Flüsschen. Es war ca. 3 Meter breit, ziemlich flach, sodass überall Steine aus dem Wasser ragten, auf denen ich in 3 - 4 Sprüngen das Flüsschen überqueren konnte. Endlich fühlte ich mich wieder sicher und war heilfroh, dass mich keiner entdeckt hatte, denn man hätte mich aus 100 Meter Entfernung locker sehen können. Es ging wieder bergauf und der Wald wurde dichter. Inzwischen war es 7 Uhr morgens und die Sonne schien. Nun glaubte ich, ab hier könnte ich es in ca. 2 Stunden schaffen. Laut meiner Karte war jetzt bis zur Grenze nur noch Wald, kein Ort, kein Fluss. Leicht geduckt, manchmal auch innehaltend und horchend, ob ich was Verdächtiges vernahm, kam ich gut voran. Es ging immer gefühlte 200 Meter bergauf, dann wieder 200 Meter bergab, ein Berg löste den nächsten ab. Zumeist dichter Fichten-,oder auch Kiefernwald, unterbrochen von regelmäßigen Mischwald-Abschnitten, welche mir stets lieber waren, da sie besseren Schutz boten. Die 2 Stunden gingen schnell vorbei, es war 9 Uhr und weit und breit war kein Grenzzaun in Sicht. Also weiter und weiter, ohne Pausen, ich hatte das Gefühl für Raum und Zeit fast verloren, ich spürte den Zeitdruck und die Vorstellung, dass ich mittags bei Sonnenschein die Todeszone überqueren musste, war nicht gerade angenehm.

Vielleicht sollte ich dann warten, bis wieder die Abenddämmerung eintritt, ich war mir unsicher. Mir knurrte der Magen und ich hatte vergessen, etwas zum Trinken mitzunehmen. Aus dem Flüsschen, welches ich überquert hatte, hatte ich hastig einige Hände voll Wasser zu mir genommen. Nun wurde ich langsam ungeduldig, es war schon 10 Uhr morgens und immer noch kein Zaun in Sicht. Langsam zweifelte ich daran, dass mein Kompass noch richtig funktionierte, ich hatte das Gefühl, dass ich endlos im Kreis lief. Hin und wieder traten schon erste Halluzinationen auf, gelegentlich sah ich Menschen, welche sich aus der Nähe betrachtet als Büsche entpuppten.Erste Schwächeerscheinungen machten sich bemerkbar. Mir war klar, es geht hier um Leben und Tod und irgendwann musste der Zaun ja kommen, so gab es nur ein Gebot und das hieß: „Weiter!". Gegen 12 Uhr 30 war ich auf einem Hügel, schon reichlich erschöpft, machte ich 2-3 Minuten Rast, da glaubte ich in der Ferne irgendwelche Stimmen zu hören. Waren das auch Halluzinationen oder waren das echte Stimmen? Meine Wahrnehmung war sichtlich getrübt. Nein, das konnten keine Halluzinationen sein. Inzwischen hatte ich schon alle Schalter auf „Reserve" gestellt, ich spürte die Angst im Nacken und ging weiter. Danach dauerte es keine 10 Minuten und ich sah unten im Tal, noch 400-500 Meter entfernt eine Schneise und mitten in dieser Schneise konnte ich einen Zaun erkennen. Das ist er! Unglaublich, mein Kompass hatte mich nicht in die Irre geführt. Die Grenze war in Sichtweite um 12 Uhr 30. Ungefähr 200

Meter Länge dieses Zauns konnte ich einsehen und in diesem Abschnitt war glücklicherweise kein Wachturm zu erkennen. Mein Adrenalinspiegel stieg und ich bekam einen Kraftschub. Die Erschöpfung war erst mal wie weggeblasen, in diesem Moment empfand ich auch keinen Hunger mehr.

Die letzten 300 Meter lief ich wieder vorsichtiger, immer 20 Meter, dann hielt ich inne und lauschte. Zum Schluss huschte ich nur noch von Baum zu Baum, wach wie ein Schäferhund. Der Mischwald bot mir ziemlich gute Deckung. Die Menschengeräusche waren inzwischen etwas näher gekommen, die Entfernung konnte ich schlecht einschätzen. Nun war es soweit, ich stand direkt am Rand der Schneise, ca. 15 - 20 Meter vor dem Zaun. Die Schneise war gepflügt, sodass man jeden Schuhabdruck genauestens sehen konnte. Hinter einer dicken Buche suchte ich Deckung und betrachtete das Monstrum. Nach links und nach rechts konnte ich den Zaun je ca. 200 Meter weit einsehen, in diesem Bereich konnte ich keine Wachtürme erkennen, was mich etwas beruhigte. Auch Selbstschussanlagen konnte ich keine entdecken, wie diese aussahen, das hatte ich schon im Westfernsehen in einem Bericht gesehen. Falls dort welche angebracht gewesen wären, wäre ich in der Deckung des Waldes so weit gegangen, bis ich keine mehr gesehen hätte. Jedenfalls waren hier keine, meine Intuition hatte mich offensichtlich an die richtige Stelle geführt, dafür dankte ich innerlich. Nun suchte ich einen Stein, warf ihn aus der Deckung heraus gegen den Metallzaun um zu erkunden, ob irgendwas passiert. Der Stein prallte gegen den Zaun, fiel herunter, ansonsten keine verdächtigen Geräusche.

Der Zaun war 3 Meter hoch und aller 5 - 6 Meter war je eine Betonsäule, welche nach Westen zeigten, sodass man von Osten aus nur eine Metallwand sah. Dieses leicht aufgeschlitzte Streckmetall hatte so enge Maschen, dass nicht mal der dünnste Finger durch eine Öffnung gepasst hätte. Nun spürte ich die Todesangst im Nacken, ich hatte A gesagt, nun musste ich auch B sagen.

Das Gefühl, hier an diesen Zaun ran treten zu müssen war unbeschreiblich, ich fühlte mich nackt, zum Abschuss freigegeben. Doch es gab kein Zurück mehr und in diesem Moment spürte ich einen unsichtbaren Helfer. Jetzt war mir auch klar, was ich vorher nicht wusste, wenn da Minen liegen, dann direkt hinter dem Zaun, da war ich mir ziemlich sicher, obwohl alles nur Spekulation war. Falls ich dieses Monstrum überwunden haben sollte, wäre der Nervenkitzel also noch längst nicht vorbei, danach käme noch Teil 2 und dies bedeutete, bei jedem Schritt damit rechnen zu müssen, dass es eine Detonation gibt und ich hilflos verblutete, sicherlich kein angenehmer Gedanke.

Nein, nur nicht daran denken, Zähne zusammenbeißen und rüber! So lief ich über den gepflügten Acker, band eine Schlinge an mein Seil, warf die Schlinge mehrmals über den Zaun, bis sie endlich über eine Betonsäule fiel und sich am oberen Ende der Säule verhakte. Nun zog ich kräftig am Seil, es schien zu halten. Schnell zog ich mich mit 4-5 Zügen nach oben, bis ich das Zaunende oben greifen konnte, dann noch ein Klimmzug und ich konnte die Ellenbogen oben auf dem Zaunkamm abstützen. Nun zog ich meinen Körper hoch und rollte mich auf dem Bauch über den Zaun. Bei dieser Kletterprozedur hatte es mir das Hemd aus der Hose gezogen. Zwischen Hemd und Unterhemd hatte ich ca. 15 Briefe von Beate verstaut, meinen Wehrpass und meinen Versicherungsausweis. Alles fiel heraus und landete unten auf dem Acker im Osten. Auch das noch, es ärgerte mich, da ich mich dadurch verraten würde. Scheiß egal, weiter! So hangelte ich mich im Westteil runter, sodass meine Füße noch ca. einen Meter über dem Boden baumelten, dann ließ ich mich fallen. Jetzt atmete ich kurz durch, Teil 1 war nun erledigt.

Nun galt es noch 2 weitere Stacheldrahtzäune im Abstand von je 15 Metern zu überwinden. Die quer gespannten Stacheldrähte hatten eine Maschenabstand von ca. 20 cm. Entweder einen Draht durchschneiden oder zwischen den Drähten durchwälzen, jedenfalls würde es nicht so schwer werden wie die Überwindung des ersten Zauns.

Noch 30 Meter Luftlinie bis zur Freiheit! Wenn Minen liegen, dann nur hier zwischen den Zäunen. Ich befand mich also mitten in der Todeszone. In der Ferne hörte ich mehrere Stimmen langsam lauter werdend. Es ließ sich schwer schätzen, wie weit diese noch entfernt waren, vielleicht 200 - 300 Meter, zwischendurch hörte ich auch Gebell von Hunden. Jetzt nur nicht panisch werden, mir war reichlich mulmig zu Mute. Hier ging es wirklich um Leben und Tod und ich begutachtete jede Stelle am Boden mit Adleraugen. Das recht hohe Gras wuchs büschelweise fast wie Schnittlauch und ich setzte jeden Schritt immer genau ins Zentrum eines solchen Büschels. Es wog mich etwas in Sicherheit, da ich glaubte, dass genau unter den Wurzeln dieser Büschel eher keine Minen sind. Vielleicht war diese Annahme ja falsch oder Blödsinn, die Antwort konnte mir sowieso niemand liefern. Am zweiten Zaun angekommen, geschafft, ich wälzte mich ganz unten zwischen den Maschen durch. Einige Kratzer vom Stacheldraht bekam ich an den Beinen und am Kopf. Meine dicken Lederhandschuhe und die dicke Jacke hatten sich hier bestens bewährt, sodass die Stacheln nicht bis zur Haut durchdrangen. 15 Meter weiter die gleiche Prozedur noch einmal und ich wäre in Freiheit. Mein Herz pochte auf Hochtouren. Die letzten 15 Meter ließ ich mir noch mal 2 Minuten Zeit und begutachtete jede Stelle, auf die ich trat. Die Stimmen und das Gebelle schienen inzwischen nur noch 100 bis 150 Meter entfernt zu sein. Dann noch schnell durch die Maschen des zweiten Stacheldrahtzauns, ich stand auf und rannte so schnell ich konnte ca. 50 - 80 Meter in den Mischwald hinein und legte mich mit dem Rücken ins weiche Gras des Mischwaldbodens. Geschafft!

Vermutlich war nun schon der Suchtrupp mit den Hunden am Zaun und stieß auf meine Unterlagen, in diesem Moment war mir das völlig egal. Ich lag nur noch am Boden und weinte vor Glück. Mich durchflutete ein rauschartiges Gefühl, das lässt sich mit keinen Worten beschreiben. Ich dankte meinen unsichtbaren Helfern, die

mir die Kraft und die Nerven gegeben hatten, dieses
Monstrum zu besiegen. So fühlte ich mich wie auf Wolke
7 und musste ca. 20 Minuten lachen und weinen immer
im Wechsel. Die ganze Spannung der letzten Tage schien
sich nun zu entladen. Das war im wahrsten Sinne des
Wortes eine echte Grenzerfahrung, dem Tod entkommen,
darauf war ich sichtlich stolz und nun bereit, mich in ein
neues Leben zu stürzen. Nach 20 Minuten ebbte der
Rausch so langsam ab und ich stand auf .Nun spürte ich
eine Energie, als wenn ich gerade gegessen hätte, obwohl
mir der Magen vor Hunger knurrte und mein Hals trocken
war, denn ich hatte ca. 8 Stunden nichts mehr getrunken.
Es kam mir vor, als wenn ich 10 Kg leichter war und so
lief ich fröhlich und beschwingt weiter nach Kompass
Richtung Nord-West. Es dauerte keine 5 Minuten, da
stieß ich auf einen Waldweg, diesen ging ich dann entlang, bis ich nach 10 Minuten in der Ferne Motorsägen
hörte. Bald schon traf ich auf Waldarbeiter, die Holz
sägten. Fröhlich und locker ging ich auf sie zu und fragte,
ob ich hier in der BRD sei. Natürlich war ich mir sicher,
dass ich hier in der BRD war, ich wollte nur ihre
verdutzten Gesichter sehen, deshalb stellte ich mich so
unsicher an. Sofort kapierten sie, dass ich ein DDR-
Flüchtling war, sie versammelten sich um mich und
gratulierten mir. Nachdem ich ihnen kurz erklärte, wie
und wo ich rüber bin, wiesen sie mir den Weg ins nächste
Dorf, noch ca. 2 Km waren es bis dorthin. Dort sollte ich
mich im Zollhaus melden. Gesagt, getan, so marschierte
ich ins Dorf, Zorge stand auf dem Ortsschild, genau der

Ort, wo ich ankommen wollte. Meine Navigation ca. 15 Km quer durch die Landschaft war perfekt, was für eine Punktlandung, darauf war ich sehr stolz.

Der Zollbeamte schien nicht nur Zollbeamter, sondern auch ein Jäger zu sein, jedenfalls war er gekleidet wie ein typischer Jäger. Er rief seine Frau herbei, sie gratulierten mir und fragten mich, ob ich Hunger hätte, offensichtlich sahen sie mir den Hunger an und so bekam ich Rührei mit Brot und eine Flasche Sprudel. Nachdem ich dann einige Fragebögen ausgefüllt hatte, rief der Beamte beim Bundesgrenzschutz an, um mich abholen zu lassen. Nach ca. einer Stunde kam dann ein Jeep, besetzt mit 2 Soldaten, die brachten mich dann nach Göttingen ins Hauptgebäude des Bundesgrenzschutzes. Dort konnte ich übernachten und am nächsten Morgen erhielt ich eine Zug-Fahrkarte, um nach Gießen ins Notaufnahme-Lager fahren zu können, dort verbrachte ich 5 Tage.

Das neue Leben begann in Gießen

Viel war nicht los in diesem Lager, es waren keine 10 Flüchtlinge da. Mit zwei etwa Gleichaltrigen kam ich etwas in Kontakt, die hatten es auch geschafft, jedoch in anderen Landesteilen. Hier im Lager wurde ich untersucht und viel befragt , auch über mein Wissen von irgendwelchen Militäranlagen in der DDR. Da wusste ich aber nichts Wissenswertes zu berichten, denn ich war ja eigentlich noch absolut unbeleckt. Und dann natürlich noch der übliche Formalitätenkram. Nun konnte es beginnen, das große Abenteuer „Freie Welt". Gleich am zweitem Tag tauschte ich meine 160 Ostmark in 40 DM um, 150 DM gab es noch Begrüßungsgeld und so hatte ich 190 DM und meine Freiheit. Im Lager gab es auch eine Pinnwand, auf der Jobs angeboten waren. Gleich in der Nähe des Lagers war ein Güterbahnhof, dort suchten sie Hilfsarbeiter um Bananen auszuladen. Das machte ich zwei Tage lang und verdiente mir noch mal 60 DM dazu. An einem freien Nachmittag machte ich mich auf die Socken um die Stadt Gießen zu erkunden.

Vor dem Schaufenster eines Musik-Geschäfts blieb ich stehen, da waren Fender und Gibson Gitarren ausgestellt, dieser Anblick weckte in mir Begehrlichkeiten und ich wusste, irgendwann werde ich mir so ein Gerät kaufen und dann wird losgerockt. Am Abend suchte ich eine Disco auf, so etwas kannte ich in der DDR nicht. Die Musik war gut und laut, die Stimmung der Leute war eher distanziert und leicht unterkühlt. Dort trank ich drei oder vier Biere und als ich das Lokal verließ, wurde mir schlecht und ich musste mich übergeben. Vier Biere im Westen konnte man nicht mit vier Bieren im Osten vergleichen. Das Zeug hier hatte einige Prozente mehr, eine meiner ersten Westerfahrungen.

Bei den Befragungen im Lager teilte man mir mit, dass sie bereits meine Verwandten kontaktiert hätten, sodass ich dort erst mal hinfahren sollte. Diese Nachricht nahm ich mit etwas gemischten Gefühlen entgegen, denn ich hatte die böse Befürchtung, dass sie alle über mich herfallen würden und schon ganz genau wüssten, was für mich nun gut und richtig sei. Natürlich hatte ich nichts gegen die Verwandten sie waren ja alle sehr nett, aber auch sehr fürsorglich. Ich wäre jedoch lieber in eine Stadt meiner Wahl gezogen, um mich dort alleine durchzuschlagen. Die Einladung meiner Großeltern, Onkels und Tanten konnte ich jedoch schlecht ablehnen, zumal ich mehr oder weniger mittellos war. Der Empfang bei meiner Verwandtschaft war herzlich, alle kamen sie angereist, um mich zu begrüßen und die Freude war groß. Nun wohnte ich bei Oma und Opa und deren jüngster Tochter, meiner Tante Lisa, im kleinen frisch gebauten Einfamilienhaus in einem kleinen Dörfchen am Fuße der Schwäbischen Alb, in der Nähe von Stuttgart.

 Meine Onkels, alle in der Baubranche tätig, wollten mich gleich zum nächsten Betrieb vermitteln, damit ich meine abgebrochene Lehre zumindest als Maurer beenden könne. Eigentlich hatte ich mir ja vorgenommen, nicht mehr auf dem Bau zu arbeiten . Meine Onkels waren jedoch sehr engagiert und kaum zu bremsen, genau so, wie ich es befürchtet hatte. So willigte ich ein, zwar nicht mit dem besten Bauchgefühl, dafür aber mit dem festen Willen, nach Beendigung der Lehre etwas anderes machen zu wollen. Das erste Jahr ging schnell rum, eine E-Gitarre hatte ich mir inzwischen auch von meinem Lehrlingsgehalt gekauft, ebenso machte ich einen Führerschein und kaufte mir für 1000 DM einen alten VW 1500. Schon immer Ausschau haltend, ob ich nicht irgendwo in eine Bands einsteigen könnte, begann ich schon während meines Lehrjahres mit einer Umschulung zum Werbegrafiker an einem Fernlehr-Institut. Das Leben bei Oma und Opa war recht langweilig und öde. Das Dorf bot nichts für junge Leute und außerdem vermisste ich auch meine Freunde und meinen jüngeren Bruder.

1973 änderte sich die politische Lage. Erich Honecker stand unter Druck, da die internationale Gemeinschaft nicht akzeptieren wollte, dass er DDR-Flüchtlinge kriminalisierte und mit Strafbefehl verfolgen ließ. So fühlte sich Honecker wohl genötigt, in Helsinki die sogenannte Helsinki-Akte zu unterschreiben, wodurch sichergestellt wurde, dass DDR-Flüchtlinge nicht mehr strafrechtlich verfolgt werden durften, sofern sie keine anderen Straftaten begangen hatten. Dieses Abkommen ließ uns aufatmen und wir alle waren sichtlich erleichtert. Dadurch war garantiert, dass ich zwar nicht gleich in die DDR zurückreisen durfte, denn dort wäre ich sicherlich unerwünscht , aber immerhin in alle anderen osteuro-päischen Länder. Schon kurz nach Ratifizierung dieses Abkommens vereinbarten wir, meine Familie und ich, einen gemeinsamen Kurzurlaub auf einem Campingplatz in der damaligen Tschechoslowakei.

Das Wiedersehen im Sommer 1973 war herzlich und schön. Meine Schwester war nun schon vier und ein hal-bes Jahr alt und es gab sehr viel zu erzählen. Das Verhältnis zu meinen Eltern hatte sich bei dieser Begegnung sprunghaft verändert. Plötzlich war ich eine Persönlichkeit ,zu der meine Eltern aufschauten. Sie hörten mir zu, ohne dass sie mich belehren wollten. So konnte ich mich ihnen gegenüber als freier Mensch fühlen, dessen Stimme zählt. Diesen Zustand genoss ich sehr, hatte ihn mir jedoch verdammt hart erarbeiten müssen. Meine Eltern hatten ja in den vergangenen beiden Jahren einige Schikanen und Unannehmlichkeiten seitens des Staates über sich ergehen lassen müssen, auch wurde mein Vater in seinem Betrieb seiner Führungs- position enthoben. Er bekam einen Parteifunktionär als Chef vor die Nase gesetzt, welcher vom Fach keinerlei Ahnung hatte. Zusätzlich musste mein Vater eine Gehaltskürzung in Kauf nehmen. Trotz dieser widrigen Umstände konnten wir uns alle gegenseitig verzeihen und waren froh, dass wir uns hier sehen und austauschen konnten. Mein kleiner Bruder Lars gestand mir schon bald, dass er auch die Flucht wagen wollte, daraufhin zogen wir uns einen halben Tag zurück und ich erzählte ihm alles bis ins kleinste Detail, wie ich es gemacht hatte. Er notierte sich alles wissbegierig. Als wir uns am Ende dieses Urlaubs verabschiedeten, sagte er noch : „Ich hoffe, wir sehen uns bald wieder." In diesem Urlaub teilten mir meine Eltern auch mit, dass man mein Motorrad am Fluchttag bereits um 10 Uhr gefunden hatte. Da man vermutet hatte, dass es zu einem Republikflücht- ling gehören müsse, wurde umgehend eine Fahndung eingeleitet.

Gelungene Überraschung

Im Oktober 1973 klingelte irgendwann das Telefon, der
Bundesgrenzschutz war dran, mit der Nachricht, dass
meinem jüngsten Bruder Lars die Flucht aus der DDR
erfolgreich gelungen sei. Die Freude war groß und ich
war glücklich, dass ich endlich einen Vertrauten, einen
Freund hatte. Der Empfang war ähnlich wie damals bei
mir und so richteten wir uns gemeinsam im Gästezimmer
meiner Großeltern ein. Auch Lars berichtete davon, dass
er im letzten Moment übernatürliche Kräfte mobilisieren
konnte und dass er sich nicht erklären konnte, wie er es
überhaupt geschafft hatte, den Zaun zu überwinden.
Die Grenzsicherung wurde nämlich in den beiden
vergangenen Jahren weiter ausgebaut. Als Lars die
Grenze überwand, waren oben auf dem 3 Meter hohen
Zaun noch sogenannte „Spanische Reiter" aufgebracht.
Das ist eine Stacheldrahtrolle, die oben quer läuft. Diese
zusätzlich noch zu überwinden, das fand ich schon eine
erstaunliche Leistung. Lars sah bei Ankunft auch sichtlich
mitgenommen aus. Er hatte mehrere Schrammen vom
Stacheldraht an den Händen, an den Beinen und im
Gesicht. Die Willenskraft meines Bruders beeindruckte
mich zutiefst, ich war stolz auf ihn.
Bereits nach zwei Wochen beschlossen wir, uns eine
eigene Wohnung in der Nähe von Stuttgart zu suchen.
Vier Wochen später wohnten wir gemeinsam in einer 2-
Zimmer-Wohnung in einem Vorort von Stuttgart. Schon

bald kündigte ich meine Stelle als Maurer und nutzte die Gelegenheit für einen Neuanfang, denn Maurer zu sein war nie mein Berufsziel. In Stuttgart fand ich eine Anstellung als grafischer Zeichner in der Werbeabteilung einer Maschinenfabrik. Lars hatte in der DDR den Beruf des Rundfunkmechanikers erlernt und fand sofort eine Anstellung in einem kleinen Fernseh-Reparaturbetrieb. Nun begann eine sehr schöne Zeit, wir lernten Freunde und nette Mädchen kennen, gründeten ein Jahr später eine WG. Endlich fand ich auch eine Band, wir spielten Cover-Songs, erarbeiteten uns aber auch eigene Stücke. Aller zwei Wochen hatten wir mit dieser Truppe einen Auftritt in diversen Musik-Clubs. Mein Ziel war es aber immer noch, Profimusiker zu werden, außerdem fing mich mein Grafiker-Job an zu langweilen. Maschinenteile zeichnen, das hatte mit Kreativität und Kunst nicht viel zu tun, mir fehlte da eine interessante Herausforderung. Im August 1976 fand ich in einer Musiker-Zeitschrift ein Stellenangebot als Gitarrist in Norddeutschland. Es war das einzige Angebot, ich fuhr hin und wir übten 2 Tage lang. Die Stimmung in der Band war super, die Band war zwar noch im Aufbau, hatte auch einen Manager und große Ziele. Es gab einen Bandleader namens Carl Carlton (Künstlername), der spielt noch heute und schon über 30 Jahre in der Band von Peter Maffay, zwischen-durch auch mal im Panikorchester von Udo Lindenberg und seit Kurzem auch bei Marius Müller Westernhagen. Carl ist der einzige von der damaligen Truppe, der eine richtige Profikarriere hingelegt hat.

Jedenfalls gefiel mir das Bandprojekt sehr gut, sodass ich die Gelegenheit nutzen wollte, um endlich Profimusiker werden zu können.

Auf ins nächste Abenteuer

Nachdem ich zurück nach Stuttgart fuhr, kündigte ich meinen Job und schon bald verabschiedete ich mich von den Mitbewohnern unserer Wohngemeinschaft. Mein Bruder hatte inzwischen Fuß gefasst, Freunde gefunden, war gut angekommen, sodass ich das Gefühl hatte, nun können wir auch eigene Wege gehen. Schon bald darauf packte ich meinen Ford 17 M Kombi voll bis unters Dach und zog in den Norden in ein neues Abenteuer. Die Reise ging nach Oldenburg, dort zog ich in ein Bauernhaus, welches die Band als Proberaum zur Verfügung gestellt bekommen hatte.

Die riesige Diele war als Partyraum eingerichtet und wurde für gelegentliche Partys von irgendwelchen Geschäftsinhabern genutzt. 3 - 4 Mal pro Woche übten wir dort und erarbeiteten uns innerhalb von 3 Monaten ein Bühnenprogramm. In einem kleinen Zimmer schlief ich auf einer Matratze, welche ohne Bettgestell auf dem Fußboden lag, Möbel hatte ich keine, nur einen Stuhl. Nachts war reger Verkehr im Zimmer und zwar von Mäusen. Es knisterte, scharrte und knackte in allen Ecken und morgens hatte ich stets Mäuseköttel auf meiner

Bettdecke. Trotzdem war es eine tolle Zeit für mich. Geld verdiente ich zwar noch keins, aber ich konnte mich schon mal wie ein Profimusiker fühlen. Wir hatten sehr viel Spaß, waren kreativ und kamen gut mit dem Programm voran. An den Abenden trieben wir uns immer mal wieder in Oldenburg im Tiffany rum, das war die angesagte Szene-Disco.

Mein Bauchgefühl sagte mir, hier stimmt alles, bald startet die Rock-Rakete und ich war glücklich. Der erste Auftritt nahte, im Januar 1977 hatten wir unseren ersten Gig im Pumpwerk Wilhelmshaven. Durch unseren Bassisten, der Holländer war, hatte die Band diverse Kontakte in Holland. An diesem ersten Gig erschienen mehrere Musiker - Kollegen aus Holland und schauten sich unser Konzert an. Nach dem Auftritt verschwanden diese Musiker mit Carl für 20 Minuten. Nachdem Carl wiederkam, sagte er zu uns: „Leute, es tut mir Leid, aber ich werde nach Holland gehen, ich habe ein tolles Angebot bekommen." Es war eine Profiband, welche gut im Geschäft war, Long tall earnie & shakers, die boten Carl ein Festgehalt und somit war das Ende unserer Band besiegelt. Wir waren alle geschockt und machten lange Gesichter. Alle Hoffnungen zerfielen zu Staub. Der Keyboarder und auch der Manager zogen unter diesen Bedingungen sofort ihr Interesse zurück und stiegen aus dem Projekt aus.

So blieb ein kleiner Rest von 3 Musikern (Bass, Gitarre und Schlagzeug), der versuchte als Trio neu zu starten. Neue Stücke, neues Konzept, neues Programm. 4 Monate arbeiteten wir daran, dann waren wir bühnenreif und organisierten uns selbst Auftritte. Nach 20 Gigs zerfiel auch dieses Trio, da unser Bassist in eine holländische Band einstieg. Dieser Bandzusammenbruch veranlasste mich, nach Alternativen und neuen Sicherheiten zu suchen. So erwarb ich in Oldenburg eine Hochschul-zugangsberechtigung und schrieb mich an der Universität Oldenburg als Student mit den Lehramtfächern Musik und Werken ein. 1978 begann ich zu studieren.

1980 war das Geburtsjahr der „Neuen Deutschen Welle". Stefan Remmler von der Band Trio arbeitete zu der Zeit noch als Dozent für Pop-Gesang an der Uni Oldenburg. Bei ihm nahm ich Gesangsunterricht, welcher im Studio der Band Trio in Großenkneten stattfand. Dadurch kam ich mit dieser Band in Kontakt und machte mit dem mittlerweile verstorbenen Gitarrist Gert Krawinkel gelegentliche Sessions. Trio waren zu der Zeit noch un-, bekannt jedoch kurz vor ihrem Durchbruch. Bei einem ihrer ersten Auftritte in Oldenburg war ich natürlich dabei und es inspirierte mich, selbst eine Neue Deutsche Welle - Band auf die Beine stellen zu wollen. So suchte ich mir Musiker und gründete die Band „Capelle Skandal" in Oldenburg. Regelmäßig übten wir im Kellerraum unserer damaligen Studenten – WG .Die Band bestand aus drei Musikstudenten, einer Sängerin und einem angeworbenen Schlagzeuger.

Auf Hochtouren erarbeiteten wir ein Konzept und ein Programm, wobei ich vorwiegend die Aufgabe übernahm, Stücke zu schreiben und zu arrangieren. Die Truppe war hochmotiviert und schon bald absolvierten wir unsere ersten Auftritte in Clubs und Discotheken. Für den Sound und die Technik konnten wir Heino, den Soundtechniker von Trio gewinnen. Regional hatten wir erstaunlich schnell Erfolge, die Säle waren voll und die Auftritte wurden immer mehr. Schon standen wir bald vor der Frage, wie soll es weitergehen, nur nebenher oder hauptberuflich? Wir wollten es versuchen, den professionellen Weg einzuschlagen.

 Mein Studium hatte ich inzwischen abgeschlossen und ich dachte nicht daran, mich als Lehrer zu bewerben. Wir machten mit der Band einige Studioaufnahmen um uns für einen Plattendeal anbieten zu können und fanden auch einen Interessenten, nämlich den Gründer des Rockmusiker - Verbandes Ole Seelenmeyer, der uns promoten wollte. Die Aufnahmen waren alle fertig, der Vertrag unterschriftsreif, da beichtete uns unsere Sängerin Nora, dass sie ein verführerisches Plattenangebot eines holländischen Produzenten bekommen hatte, zu dem sie nicht nein sagen könne. Wieder mal Ende im Gelände! So ist es eben im Musik Business. Vier Jahre harte Arbeit für die Katz, Ole war genauso verärgert wie ich, aber was sollte ich machen.

Was ist los, warum traf es immer mich, sollte ich mich nie mehr auf andere Menschen verlassen? Irgendwas lief grundlegend schief, warum investierte ich immer in Totgeburten? Die Antwort konnte mir niemand liefern. Bei all den gescheiterten Projekten der letzten Jahre war ich ja immer darauf angewiesen, dass andere Musiker mitziehen, von daher bestand immer ein Abhängigkeits-, verhältnis und ich hatte nur begrenzten Einfluss auf den Lauf der Dinge. Der ständige Existenzkampf jedes einzelnen Musikers machte alle Pläne unkalkulierbar. Das Funktionieren und der Aufbau einer Band war stets von sehr vielen Faktoren abhängig und ist dadurch besonders in der Anfangsphase ein äußerst empfindliches Konstrukt, welches beim kleinsten Lufthauch wie ein Kartenhaus zusammenbrechen kann.

In den Jahren von 1984 bis 1987 unternahm ich noch einige Versuche, musikalische Projekte aufzubauen, jobbte hier und da nebenbei und versuchte mich irgendwie über Wasser zu halten, bevor ich 1987 endgültig einen Cut machte und ich meinen Wunsch, Profimusiker werden zu wollen, an den Nagel hing.

Neues Spiel, neues Glück

So verließ ich Oldenburg, zog in die Nähe von Achim bei Bremen und begann mit einem Kunsttherapie/Kunstpäda-gogik-Studium. Dieses Studium finanzierte ich mir, indem ich in eine Tanzkapelle einstieg und ca. 6 Mal im Monat auf Hochzeiten, Silberhochzeiten und Geburtstagen spielte. Die Band war gut im Geschäft, so hatte ich ein geregeltes Einkommen und konnte gut davon leben. Die Beschäftigung mit Kunst eröffnete mir innerlich völlig neue Perspektiven. Die Arbeit an der eigenen Persönlichkeit und die Beschäftigung mit Malerei brachte es mit sich, dass ich immer wieder an innerliche

Grenzen stieß, was sich dann in Form von diversen
Krisen äußerte. Im Jahr meines Studiums-Abschlusses,
feierte ich bereits meinen 40. Geburtstag.

Auf dem Lande hatte ich mir einen kleinen Schuppen
angemietet, den ich als Atelier nutzte, in diesem Raum
verbrachte ich im ersten Jahr nach dem Studium recht viel
Zeit und malte inzwischen großformatige Bilder, organi-
sierte Ausstellungen und verkaufte die ersten Exemplare.
Über einen Freund kam ich in Oldenburg an eine
Ausstellungsmöglichkeit in einem Architektenbüro heran,
dort verkaufte ich gleich vier großformatige Ölbilder an
mehrere Geschäftsleute. Welch ein Erfolg! Das baute
mich sichtlich auf. Diese ersten Verkaufserfolge
beflügelten mich, sodass ich mit dem Gedanken spielte,
die Malerei zum Beruf zu machen. In dieser Zeit
verliebte ich mich und schon bald planten wir, eine
Familie zu gründen. In dieser Phase bekam ich ein
Angebot, als Kunst- und Werklehrer an einer Privatschule
zu unterrichten. Mit dem Gedanken im Hinterkopf, dass
eine Familie eine finanzielle Absicherung benötigt, nahm
ich das Angebot an. Für die Malerei war nun nicht mehr
so viel Zeit, auch die Ausstellungsaktivitäten ließen rasch
nach. Was dann kam, ist mehr oder weniger klassisch:
Kind Nr.1 , Hauskauf, Kind Nr. 2, Arbeit , Familien-
leben . Zeit für Musik, Kunst nur noch am Rande.

Nun schließt sich langsam der große Bogen, die Reise
durch mein Leben, bei der Sie mir gefolgt sind endet hier
und ich hoffe sehr, dass ich Sie damit nicht gelangweilt

habe. Meine Kinder sind nun erwachsen und die letzten 25 Jahre eines eher bürgerlichen Lebens sind wie im Flug vergangen. Diese 25 Jahre habe ich nebenbei stets Musik in einem Rock-Cover-Trio gemacht, sodass ich mir immerhin den Rest eines Traumes bewahren konnte. Dann vor drei Jahren die Geburtsstunde meines CD Soloprojektes. Wer nun neugierig geworden ist, kann diese CD gerne über meine Homepage zum Sparpreis bestellen. Www.meister-harry.de Hörproben und ein Video gibt es dort auch. Als Solomusiker kann man mich selbstverständlich auch buchen. Zu hören gibt dabei eine Mischung aus Cover-Songs, eigenen Stücken und humoristischen Einlagen.

Schlussgedanken

Wenn ich diesen Lebensrückblick so als Ganzes betrachte, stelle ich fest, dass mein Leben stets eine Suche war, eine Suche nach Freiheit, Unabhängigkeit und nach dem richtigen Platz im Leben. Obwohl ich schon auf die Rente zugehe, muss ich mir eingestehen, dass ich nie wirklich an meinem Wunschziel angekommen bin. Vielleicht bin ich ja zu ungeduldig und brauche noch einige Zeit. Das DDR - Trauma hat bei mir lange Schatten geworfen und ich kann nicht sagen, dass ich es jemals voll überwunden habe. Es blitzt immer mal wieder durch und entfaltet hier und da seine Wirkung. Es waren „nur" 18 Jahre, die ich in der DDR verbrachte, doch das waren die prägendsten Jahre im Leben und beeinflussten den kompletten Verlauf des weiteren Lebens. Was der sozialistische Einfluss in den Köpfen der Menschen so alles angerichtet hat, ist nicht unbedingt immer alles schlecht. Es sind Erfahrungen gewesen, die den Horizont in gewisser Weise auch erweitert haben. Man sieht Selbstverständlichkeiten hier in der BRD oft in einem etwas anderem Licht und mir fällt es leicht, mich kritisch von bestimmten Dinge zu distanzieren. Es wundert mich jedenfalls nicht, dass die Pegida – Bewegung im Osten so stark werden konnte und die AfD so einen Aufwind erfährt. Ein nicht unerheblicher Teil der ehemaligen DDR - Bevölkerung hat selbst nach 25 Jahren Einheit das „DDR - Denken" noch nicht überwunden. Tatsache ist, dass immer die nachwachsende Generation sich von dem

Virus der Elterngeneration erneut ansteckt, man saugt es quasi mit der Muttermilch ein. Bis sich da etwas abschwächt und langsam weniger wird, dauert dann mehrere Generationen. Es ist ähnlich wie mit den Dialekten. Hochdeutsch ist allgegenwärtig, im Fernsehn, im Radio, die Menschen laufen alle durcheinander, von Nord nach Süd, von Ost nach West, immer mehr Menschen sind regional ungebunden, doch vererbt sich jeder Dialekt unaufhaltsam weiter, die Dialekte verdünnen sich nur sehr langsam.

Aus diesem Grunde werden wir wohl noch einige Zeit mit den Folgen der Teilung zu tun haben. Mein Buch ist sicherlich nur ein ganz kleiner Beitrag, die Folgen der Teilung aufzuarbeiten. Für mich heißt das , die Tatsachen bewusst machen, um dann neu auf die Dinge zugehen zu können. Den Blick nach vorne richten, den schlechten Erlebnissen keine Aufmerksamkeit mehr schenken.

Dieses Buch zu schreiben, war für mich abgesehen von der Aufarbeitung, auch ein Wagnis, denn es ist ja nicht nur eine Fluchtbeschreibung, sondern auch eine Zeitraffer-Biografie und dann auch noch eine eines unbekannten Menschen. Wem interessiert das schon? Biografien von Millionären, großen Unternehmern, Staatsmännern oder Stars der Film- und Musikwelt lassen sich massenweise verkaufen, aber von Leuten wie Sie (falls Sie unberühmt sind) und mich? Ein reißender Absatz ist da sicherlich nicht zu befürchten.

Deshalb möchte ich Ihnen besonders danken, dass Sie mir bis hierher gefolgt sind und nicht das Buch weggelegt haben und es durch eine Biografie von Mick Jagger oder Angela Merkel ersetzt haben.

Ihnen gebührt ein großes Lob, denn Sie sind jemand, der nicht wie die große Masse nur ausgetretene Straßen geht, sondern auch mal einen kleinen Pfad abseits der Hauptstraße zu erkunden wagt.

Wenn Ihnen die Geschichte etwas gegeben hat, dann erzählen Sie doch Ihren Freunden oder Verwandten davon oder empfehlen Sie sie auf facebook. Auch dürfen Sie, wenn Sie möchten, gerne einen Kommentar auf meiner Homepage hinerlassen. Danke!   Www.meister-harry.de

 Alles Gute auf dem Weg zu Ihrer Freiheit wünscht Ihnen Ihr Harald Pfeiffer oder auch Meister Harry!

Zum Coverbild

Vielleicht mag sich der ein oder andere Leser gefragt haben, was das Coverbild meines Buches mit meiner Geschichte zu tun hat. Das werde ich Ihnen hiermit verraten. Wie Sie ja bereits in meiner Geschichte erfahren haben, spielten zwei Leidenschaften in meinem Leben eine große Rolle, zum einen das Gitarrespiel, zum anderen der Automodellbau in meinen Jugendjahren. Dieses abgebildete Haifischauto habe ich vor 10 Jahren eigentlich nur aus Spaß entworfen und als Modell im Maßstab 1:10 gebaut. Diesen Fisch baute ich außerdem als Seifenkiste für meine Kinder und für mich als Erinnerung. Außerdem reizte es mich zu wissen, ob meine Fähigkeiten noch da sind, Modelle bauen zu können. Mit moderner Computer-Technik war es nicht schwer, den Eindruck zu erwecken, dieses Auto gäbe es real.

Seinerzeit nahm ich auch Kontakt zu Spielzeug- und Modellbau-Firmen auf um auszuloten, ob das Interesse bestünde 'diesen Fisch als Modellauto zu vermarkten. Von nur 30 Prozent der kontaktierten Firmen bekam ich eine Antwort. Diese Antworten deckten sich jedoch alle in der Kernaussage, welche lautete: Man sehe keine Marktchance, da die Idee sehr ausgefallen sei und das Kaufverhalten der Kunden doch sehr eingefahren sei und sich nur auf Modelle beschränke, die es in der Wirklichkeit auch gibt. Außerdem sei ein Produktionsvolumen unter 20000 Stück nicht rentabel. Diese Stückzahl sei mit so einer ausgefallenen Idee nicht zu erreichen. Somit war das Projekt gestorben. Schade, denn die Idee war alles andere als eigennützig, ich wollte mal eine gute Tat auf diesem Planeten vollbringen und mit den Verkaufserlösen die Haifisch Schutzorganisation www.sharkproject.org unterstützen.

Bemerkung zum Personenschutz

Alle Namen von Familienangehörigen sowie von engen Freunden habe ich aus Gründen des Personenschutzes geändert.

Zeitfracht Medien GmbH
Ferdinand-Jühlke-Straße 7
99095 Erfurt, Deutschland
produktsicherheit@kolibri360.de